Kadokawa Fantastic Novels

# 複製品的我也會談戀愛。1

Even a replica falls in love

榛名丼

[插畫] raemz

第一次的
動物園。

「一加一等於——？」
「小、熊貓——！」

「妳猜猜看。」

「你點什麼口味？」
第一次的
祭典。

「我在妳身邊，妳覺得怎麼樣？」

星星在頭頂閃爍，
那是令人不自覺想哭泣的美麗夜晚。
是死也令人死不透，美麗且溫暖的夜晚。

## 愛川素直

七歲時因為和朋友吵架而創造出複製品。
自那之後只要碰到懶惰不想上學的日子，
就會讓複製品代替自己去上學。

## ~~Second~~ 小直

和愛川素直別無二致的複製品。
為了可以幫上素直的忙而盡心努力。
與素直不同，喜歡閱讀。

# 1 複製品的我也會談戀愛。

Even a replica falls in love

榛名丼
［插畫］raemz

Kadokawa Fantastic Novels

C o n t e n t s


第1話 複製品不作夢。 011

第2話 複製品翹課。 065

閒話 沒有她的暑假。 135

第3話 複製品在哭泣。 143

第4話 複製品墜落。 183

第5話 複製品會作夢。 221

最終話 複製品談戀愛。 263

# 第1話　複製品不作夢。

我不曾躺在床鋪上睡覺。

我曾把棉被曬在庭院的曬衣竿上，讓它吸收滿滿的陽光，也曾在夕陽西下之前趕緊將其收回來。

但是，我不知道重新鋪上床的潔白被褥的觸感。

一旦想像就讓我怦然心動。要是躺上去了，會是如何鬆軟的感覺呢？

「妳在發什麼呆啊？」

我頓時睜開眼瞼眨了幾次眼。

眼前就像隔著一層膜一般不甚清楚。這是因為躺在床上的她視野尚未清晰。

「對不起，早安。」

打招呼沒有得到回應。

她沒看這邊，只是跟趕貓一樣伸出一隻手揮了揮。

「今天是第二天，我好累。妳去吧。」

難怪會這樣——我理解之後點點頭說：「我知道了。」

我走出房間，首先去一樓的盥洗檯。雖然知道這個時間空無一人，我已經習慣壓低腳步聲了。

掬起冷水洗臉，然後刷牙，腦袋也在此時清晰起來。

褐色頭髮的少女從明亮的鏡子中回看自己。

窄額、細眉、深邃的雙眼皮，以及纖長睫毛妝點著又大又圓的眼睛。

堅挺的鼻形、櫻桃小嘴、如貓般纖柔的四肢，以及穠纖合度的身材。

我從這個人人會誇讚「可愛」或是「美麗」，充滿魅力的女孩身上別開眼，拿起全新的毛巾輕輕擦拭溼潤的嘴。

把水擦乾後，依序在肌膚塗上化妝水、精華液和乳液。

最後在臉、脖子以及手腳塗上防曬乳。雖然她說塗最少所需的量就好，畢竟我也是個女孩，無論如何都會在意護膚。

用梳子細心梳整長髮，仔細去除纏在梳子上的頭髮丟進垃圾桶。這些全都是借用的東西，因此得再三小心使用才行。

順便繞去廚房一趟，把瀝水籃中的兩個杯子翻過來，接著打開水龍頭各自裝好兩杯水，一口飲盡其中一杯——這就是我的早餐。

手拿水杯、止痛藥，以及包著便當的布巾走回她的房間。

捲成一團的棉被小山蠕動起來，精緻的小臉從中現身。

——和鏡中某人有同樣一張臉孔的女孩。

「早餐是什麼？」

「今天好像是日式的。有白飯、鮭魚片、白蘿蔔味噌湯、煎蛋捲，還有……」

「夠了。」

她很是厭煩地打斷我的話。愛川家的早餐似乎只有兩款，日式或西式，日式的比例較高。儘管稍微有點不同，基本上配菜的種類似乎不太會變。

身為藥妝店藥劑師的母親，會在公雞尚且沉眠的早晨起床，準備好早飯之後就去上班。入夜時回來後，再手腳俐落地準備晚餐。

比起母親的臉，我更常看到她穿圍裙的背影。

她從床上起身，如強盜般奪過我手中的水杯和藥。

空腹吃藥會胃痛，其實先吃點東西再吃藥會比較好。而且反正都要叫醒我，先吃飽再叫我也算幫我的忙。

可是她討厭我抱怨，所以我轉過頭去面對米白色牆壁。

「妳真好，只會流血不會痛。」

「嗯。」

她不耐煩地看著乖乖回應她的我。

我接過剩下半杯的水和空的藥片包裝，又來回廚房一趟。

我回到二樓的房間後，在房間角落偷偷摸摸地把睡衣脫下來。

脫下睡衣摺好藏到床底下，從掛在牆上的衣架上取下熨燙平整的制服。

白襯衫、格紋百褶裙，以及在胸前綁上綠松色的緞帶。這是在社群網站上也廣受可愛好評的制服，冬天會在外面搭上深藍色的西裝外套。

她受到制服設計吸引而報考現在的高中。

我也喜歡這身可愛的制服。

只是穿上就讓人精神振奮起來，會變得想要抬頭挺胸走路。

「我拿四片衛生棉喔。」

果然沒有回應。大概覺得回應我每一句話很麻煩吧。

為了慎重起見，我邊看折起來收在鉛筆盒裡的功課表，邊確認書包裡的課本和筆記本。

她上次喚醒我是五天前。下下週就要期末考了，這次也得考個好成績才行。

做好準備後，我朝床鋪說話：

「智慧型手機呢？」

唉——只有大聲的嘆氣回應。

熟悉的智慧型手機就在她朝我伸出的手心上，造型簡單的淡粉色智慧型手機殼。

最新款的智慧型手機帶有微溫，她大概在被窩裡滑智慧型手機了吧。

「我去上學了。妳要把房門鎖好喔。」

我老早就知道不會有回應，趁她命令我其他事情前離開房間。

先去走廊底的廁所換衛生棉，邊走下樓梯邊用智慧型手機的天氣軟體確認今天從早到晚都是晴天後關機。

時間為上午七點半。

當我準備穿上學生皮鞋時，發現鞋後跟被踩扁了，我心想自己明明那樣小心使用，感到有點沮喪。硬皮革的鞋子被踩扁後，就得整雙鞋換新才行。

由我向母親提議也行，可是我擅作主張又會被她罵。雖說如此，要是直接對她說又會被她當成我在找麻煩，會更傷腦筋。

我邊把軟爛無力的鞋跟皮革拉起來，邊把腳尖塞進鞋裡。穿上鞋子後，腳尖在磁磚上「叩叩」敲兩下。

自行車擺在玄關門內，我把書包放進車籃中牽車出門。為了避免海風使得自行車生銹，平常都會把自行車收進家裡。

頭上頂著幾朵白雲流動的藍天，今天似乎是梅雨季中難得的晴天。

要是不抬頭仰望天空，我就沒辦法確實感受季節。

我用手遮掩陽光，瞇眼看水平線。「啪唰啪唰」的激烈海濤聲從遠方乘風而來，常在颱風現場報導出現的用宗海岸今天也很熱鬧。

我沒忘記確實鎖上大門。要警戒的不只小偷。雖然雙親都已經出門工作，也幾乎不會有人來訪，不管有什麼萬一都不能讓任何人看見她在房內休息的身影。

她的房間也有門鎖，是她小學時拜託雙親加上的。她現在大概正慢吞吞地從被窩裡爬出來，邊嘆氣邊鎖上房門吧。

我跨上自行車出發。

靠海的這附近聽說有海潮氣味，可是早已徹底習慣的鼻子聞不出來。

我，是愛川素直這位少女的複製品。

素直七歲時創造出我，和她擁有相同的外貌，用相同聲音說話的存在。

被命名為「Second」的我，任務就是代替素直去上學。

沒有人發現我是素直的複製品。沒有人會知道真正的素直正待在房間裡酣睡。

和擦肩而過的鄰居阿姨問早，然後不停地加速，超越正在遛狗的老爺爺。全身毛茸茸的約克夏，牠踉蹌的腳步比老爺爺還更加不穩，希望牠務必也能夠活過今年夏天。

輪圈發出「匡啷匡啷」的聲響轉動，感覺輪胎有點沒氣。即使變速也沒加快速度，回家後得打氣才行——我在腦海中寫下預定。

輪圈發出「匡啷匡啷」的聲響轉動。

熟悉的景色從前方往後方流逝。

由於正好轉綠燈，我沒有剎車直接穿過馬路，騎上靜岡大橋鋪設完善的自行車道。強風從山那側吹過來，如果不降速且不站著騎就沒辦法前進。

在我費盡千辛萬苦時，汽車伴隨著「咻咻」聲高速從我左側經過。就算車輪灌飽氣，就算我不是正值生理期，我也贏不過汽車。素直肯定也相同。

我交錯看著因兩天前下的雨而水位上漲的安倍川以及正前方的富士山過橋。儘管頭上頂著白雪如白色糖粉般的富士山不是多罕見，五天前受到灰暗天空遮掩而沒能看見，久違的景色使我笑了出來。

只要越過這個難關，接下來全是平坦的道路。雖然祈禱今天只會碰到兩次，今天被三次紅燈阻擋。

同班同學常常被便服警官逮到，為了不被開黃色罰單，我在燈號開始閃爍時就會提早按剎車。

寫著違規內容的罰單，正式名稱為「自行車指導警告卡」，學校規定被開罰單就得把罰單貼在教室後方的黑板上。雖然有男生把這當勳章般蒐集了高達十五張，因為謠傳最後一名的班級會在全校集會上公開，大家都在靠近學校時刻意減緩自行車速度。

終於騎到學校後門。被夾在其他自行車當中，氣勢十足地衝進洞穴般的大型停車場中按下剎車。從自行車上下車時，雙腳的小腿肚已經累積超越舒適，達到倦怠的疲憊感。

素直家到學校約九公里，每天都得踩自行車上學，這距離顯得有點長。

我狀況好時花三十五分鐘，狀況不好時花五十分鐘就能騎完九公里。狀況好除了身體狀況以外，具體來說還受到橋上迎面風和紅綠燈的影響。

就我的感覺來說，今天的紀錄大概是四十二分鐘左右。我不會動不動拿關機的智慧型手機確認。

我拿出小手帕擦汗。梅雨季過後就會正式迎接夏天，到時不會只流這一點汗。

在身穿相同衣服的少年和少女擠得水洩不通的鞋櫃區脫掉鞋跟被踩扁的學生皮鞋換上室內鞋，室內鞋的鞋跟沒事讓我鬆了一口氣。素直大概也很小心不被嚴厲的老師們盯上吧。

「早安～」

「早安。話說妳汗臭味好重～」

「討厭啦～！」

在我腳趾尖敲鞋時，胡鬧抱在一起的女孩們的聲音震動我的耳膜。

走上鞋櫃區旁邊的樓梯，第一間就是素直就讀的二年一班教室。

我說著「早安」走進教室，學生還只有十五人左右。之中轉過頭來看我的幾乎都是男生，看著我的女生都浮現不知其真面目的含糊微笑。

我單耳聽著三三兩兩回應的招呼聲，走到窗邊後排的位置坐下。

雖然窗簾拉開，從全開的窗戶吹進來的風吹著窗簾在軌道上一點一點地滑動。陽光也照射在我的桌子上，煩得我別過頭去。輕風吹拂，像在安撫汗溼黏在臉頰上的頭髮。

廣播喇叭旁明明有臺冷氣，我卻不曾見過吹風口開闔的模樣。

導師在學生們逼問下說明，我們高中的冷氣是向市借來的，所以每次要開冷氣都必須得到市高層的許可。

然而即使今天申請「今天這麼熱想要開冷氣」，也不可能幾分鐘就能得到許可。許可申請書會在市公所中被互踢皮球，冷氣毫無用武之地。

當我們如同飢渴的小狗般伸出舌頭，把手貼在冰涼的抽屜內時，高官們也在涼爽的房裡舒適地度過吧。

順帶一提，教職員辦公室的兩臺冷氣隨時都在全速運轉。假如沒有老師在辦公室裡，那裡就是盛夏的綠洲；在有老師的前提下，則變成無人想靠近的海市蜃樓。

我的手撐著下巴，班會前的時間閒得令人乏力。

這班上沒有一個只要有五分鐘、十分鐘就想要跑去聊天的朋友。一年級要好的朋友在二年級分班時分開，也找不到有氣孔般能趁隙而入的團體，所以素直選擇在這個班級中獨來獨往。當然我也是。

所以我把鐘響前這段無所事事的時間，拿來浪費在觀察教室內上面。

在光輝照耀地面的太陽烘烤下、宛如三溫暖的正方形盒子中，嘴巴動個不停的同齡同班同學們的眼瞼沉重得就快閉上。

該說炎熱會降低判斷能力嗎？他們的會話能力顯而易見地降低。大家不是拿墊板搧風，就是把手貼在窗邊的扶手上貪涼。還有男生七早八早就喝光水壺裡的水，又跑到教室前的水龍頭去。

我看著看著，不知不覺也開始產生睏意。呵欠消失在單手掌心中，我覺得有一種溫水逐漸滲入我耳朵中的感覺。

◇◇◇

上完課到了放學時間，氣氛瞬間放鬆。

在我用力伸懶腰時，好幾個人抱起龐大的社團包包，腳步匆忙、慌慌張張地跑出教室。

我在這之後也和他們相同，預定要去參加社團活動。

文藝社——素直參加的社團。因為校規硬性規定，除去特別因素，所有學生都需要參加社團，素直無奈之下選擇了容易當個幽靈成員的靜態社團。

雖然只是偶然選擇文藝社，對我來說卻是幸運。我和素直不同，我愛看書。所以起碼在社團活動上，我想當作自己所屬而非素直所屬的社團。即使最後寫下入社申請書的人不是我。

把課本和筆記塞進書包裡，打算從後門走出教室時，黑板右下角吸引了我的目光。上面用淡淡字跡寫著，比我自己的名字更令我熟悉的名字。

「啊！」

我完全沒發現，今天是素直當值日生。

值日生的工作很瑣碎，不過基本上只有四件事。每節課上完後擦黑板、換教室時要鎖門、寫班級日誌，以及放學後關教室的門窗。此時我才終於發現，素直受到生理痛與值日生雙重攻擊而感到厭煩，所以才會找我出來。

到第五堂課為止，同為值日生的男生似乎都一語不發地默默做完課後擦黑板的工作。彷彿表示以此作為交換，他人現在已經不在教室裡，英文會話的板書還完美地留在黑板上，尚未動工的班級日誌待在講桌上苦等。

我產生制服衣襬遭人拉扯的感覺，愧疚的我決定完成值日生的工作。

首先把髒掉的板擦壓在板擦機上面，讓它吸走所有白色粉筆的粉塵。接著把手穿過軟軟的帶子，站上講臺墊腳從上而下擦黑板。

然而令人意外的是，覆蓋住又寬又長黑板的文字不會如此輕易消失。

包含教室後方黑板用的在內，教室裡共有三個板擦。雖然試著想像自己一手拿一個板擦與黑板奮戰的畫面，感覺效率反而會更低。

「我幫妳擦左半邊。」

就在我如此思考時，背後傳來低沉的聲音。

這大概不是在和我說話吧。儘管這樣想，慎重起見我還是轉過頭去，接著便屏住呼吸。聲音的主人是真田秋也。

他有一對粗黑的劍眉、銳利的丹鳳眼，以及強壯的肩膀。

粗壯的脖子支撐著頭部，五官精悍有形。因為他總是冷漠地板著一張臉，第一眼見到他會不禁感到恐懼。

我不曾和他說過話。素直似乎也沒說過一句話。

不過我常聽見他的傳聞，才剛入學就在籃球隊裡展露頭角，聽說與強校舉辦練習比賽時，得分幾乎都是他拿到的。

我們學校的籃球隊在他加入後，創校以來第一次有機會拿到高中聯賽的資格。周遭的人也興奮說著他是能在高中聯賽中發光發熱的巨星，大家都很期待他未來的發展。可是……

「我看妳好像很辛苦。」

心不在焉的我對他說出的話都遲了一步才反應過來。

真田同學的手沒穿過帶子，而是緊緊握住板擦來回擦動。他的動作乍看之下很粗暴，受他操控的板擦卻如同優游於和緩大海中一般滑順地來回活動。

我注意著他的動作，同時試圖想要說些什麼。

因為素直和真田同學的關係，沒有要好到只是見她看起來很辛苦就會上前來幫忙。

「可是你應該很忙吧？」

「我現在又沒參加社團活動。」

我不小心踩到地雷了。真想讓時間倒轉——我想著這種不可能辦到的事情。

「別廢話了，快點動手。」

「啊，嗯。」

我移動停下的手。從上而下，從上而下。進入第二輪的他超越慎重地從上往下擦的我。

我的眼睛偷偷瞄過去，他平靜的側臉沒有絲毫苦悶神色。他從和我說話那時起，就一直將重心放在身體左側。

與我的擔憂相反，可說順利過頭地，沉默平坦的黑板找回它出生那時的乾淨樣貌。只不過只有左側。展露大而化之的我嫌麻煩一面的右側，正欣羨地側眼看著隔壁。

最後，擦掉右側角落愛川素直和男同學的名字，寫上明天兩位值日生的名字。

結束任務的真田同學走下講臺。我則拿白色粉筆寫下同班同學的名字，同時朝寬大的背影喊：

「謝、謝謝你。」

喊出口的聲音沙啞，我不知道他有沒有聽見。

真田同學走出教室後，教室內只剩下我一人。

尚且明亮的窗外傳來運動社團練習的聲音，在似近又遠的地方響起「鏗」的好聽聲響。看來球棒準確打在球心上了。

我拿起班級日誌走回位置坐下，從鉛筆盒中拿出自動鉛筆。

「喀喀喀」押了三下之後，筆心彷彿這才想起自己的使命而探頭出來。我在等累的日誌上寫下今天的日期、天氣以及課表。

備註欄中原則上要寫下當天發生的事情，需要向老師或班上報告的事項。不過我回顧先前的內容，有同學和導師玩文字接龍，也有同學畫滿整個備註欄。也就是說，可以隨自己開心寫。

我還來不及思考，就在上面寫下第一個字。

當我做值日生的工作時，真田秋也同學說著「妳看起來很辛苦」，來幫我擦黑板。

根據素直的記憶，真田同學似乎在兩天前才剛回學校來上課。

他是擦黑板的專家。多虧有他，黑板變得很乾淨。

然而事實上，我沒資格得到他的親切對待。

因為我在他住院時，一次也沒想過要去醫院探病。

寫到這邊，又全部擦掉。

◇◇◇

我拿著留下橡皮擦痕跡的班級日誌，把教室門鎖上。

走下樓梯、把日誌和鑰匙還回教職員辦公室之後，走到走廊盡頭就能抵達社辦。

文藝社的社辦很小，聽說是我不認識的學長姊們和學校交涉之後，把以前當成置物間使用的房間改造成社辦。

儘管我不認識他們，我知道他們的名字和作品。因為文藝社在每次校慶時發行的社刊，從創刊號到現在全都留存了下來。

上面刊載著他們創作的短篇小說、詩歌以及專欄。搭配的插畫有漫畫風格的插圖，也有用水彩認真畫出來的花與植物。每次看著繡球花與圓滾滾的橘子，都會很遺憾是黑白印刷。

「啊，學姊，辛苦妳了～」

「小律，早啊。」

我一拉開門，語尾拉長音的問候聲便迎接我。

廣中律子，小我一屆的學妹，戴著圓框眼鏡，瀏海牢牢地用學校規定的黑髮夾固定，一個青春痘也沒有的光滑額頭彷彿剝殼的水煮蛋。

對著在她對面的折疊椅坐下的我，小律發出「唔呵呵」的奇怪笑聲。

「我每次都覺得，說『早啊』好像演藝圈的人喔。」

「可是說『午安』不覺得很生硬嗎？說晚安又太早了。」

「是這樣嗎？」

我覺得早安最柔軟，跟用很多蛋做出來的戚風蛋糕很像。

午安是煎得偏硬的荷包蛋。蛋白也稍微焦掉，蛋黃和滑順的半熟狀態相差甚遠。

我看著小律的額頭，滿腦子想著蛋。

「對了，學姊，請看我的新作品。雖然才寫到一半就是了。」

「好喔～」

「太棒了。」

塗上薄薄護木漆的長桌，和相同大小的平臺面對面併在一起。小律急急忙忙拿來一疊稿紙放在上面。

小律在寫小說，還是現在相當罕見的手寫派。小學學過書法的小律字跡非常工整。我常在想，等到她的書出版時，也希望她能出個手寫版本。

素直和小律認識在很久以前，町內自治團體的活動上。

自治團體會把住同一個區域的小學生集合起來，星期日早上一起去清掃海灘，暑假期間一起做廣播體操，秋天在運動會上賽跑，去遊樂園玩，在每年年底舉辦保齡球大會……就是這類活動。也有人單純稱呼「兒童聚會」。

小律比素直小一歲，可是小學時性別與年齡的差異並不是那麼重要，住得近的小律對素直來說是可以輕鬆往來的玩伴。

玩水槍或玩捉迷藏，去河邊玩或開心ＢＢＱ，我知道這些記憶現在也仍舊鮮明地存在於素直心中。

即使如此，在素直升上國中那年，小律搬家後兩人因而疏遠，只有在隔年互寄賀年明信片，在那之後便完全斷了聯繫。

今年四月，兩人再度重逢。

那是春風強撫，櫻花花瓣翩翩飛舞的一天。

兩位學長在三月時畢業，不過他們幾乎不會到社辦露臉，所以也沒有太大的變化。原本單獨一人的文藝社社辦，迎接同樣單獨一人的小律來訪，那是開始社團體驗的第一天。

一開始相當緊張的小律，看見我的瞬間微張著嘴小聲喊了「哦哦」。雖然我沒有跟著喊「哦哦」，我的表情應該和她差不多。

畢竟文藝社只是空有形式做了張海報張貼在布告欄上，連全校集會中的社團介紹也沒參加。我根本沒想到沒知名度的文藝社會有一年級學生，而且還是令人懷念的朋友上門。

不過緊張在我們兩人促膝討論喜歡的書時緩解，不停湧上懷念與愉快的心情。在外面奔跑玩耍的小學生時代已經過去，我們彼此轉變成喜歡閱讀的高中生，可是我們的對話熱絡，甚至讓人覺得連職業棒球選手都無法如此有節奏地傳接球吧。

我們閱讀的興趣並不相同，甚至可說喜歡輕小說與漫畫的小律，和我的閱讀傾向完全合不來。但是我們宛如接續說著昨天也熱烈談論的話題一般，彼此隨心所欲想說什麼就說什麼，然後互相歡笑。

儘管我沒準備表示歡迎的點心與茶水，小律當天就提交了入社申請書。

我聽著學妹充滿熱情的解說，同時閱讀她的稿紙。

故事以被身邊的人當作死神畏懼的少年，邂逅被遺棄在教堂的少女來揭開序幕，標題則未定。

兩位主角的外貌都相當出色，其他登場人物也是令人不禁屏息的俊男美女。雖然有「怎麼可能有這種事」的感覺，小律也很喜歡動畫，登場角色皆俊男美女已經是她的鐵律。

我把意識拉回到稿紙內容上，男主角的少年與棄嬰少女似乎是生離的雙胞胎。他們兩人巧妙利用相似的容貌，闖過無數的困境活下來，最後成為在地下社會中被稱為「Double」的殺手……

「啊，小直學姊。」

「嗯？」

我遮羞似的稍微嘟起嘴。小時候叫我小直的小律重逢之後開始叫我小直學姊，不過我對她喊我學姊仍舊感到害羞。

「妳覺得這部分怎麼樣？可能會和Mixed roots混淆，是不是變更名字比較好啊？」

「這邊的Double是取『二重身』的意思吧。」

「沒錯、沒錯，就是這樣。用Doppelganger也可以，可是也不是見到就會死掉啊。」

Double。Doppelganger。

二重身。又或者是分身。

與自己擁有相同外貌的另一人。

「妳覺得怎麼樣？」

稿紙大約有六十張。當我花上一小時細細讀完後，坐在我對面的小律便仰頭看著我。

「我可以老實說嗎？」

「我不希望愛川素直大人說些討好我的話，所以拜託妳了。」

小律挺直她有點駝背的身軀。

「我覺得有點把讀者置之不理的感覺。」

「喔不～」

小律攤在折疊椅的椅背上，裝出吐血倒下的樣子。她平常總會這樣誇張地反應。

「開頭這邊，兩個主角在雪中重逢的場面，我希望這邊可以再加以描寫一番。這應該是很重要的場面吧？比起戲劇化的表現，我更想要知道兩人真實的感情。」

我迅速翻過第三頁到第五頁。

「少年注視著同樣容貌的少女感受到了什麼？少女又在想著什麼？我覺得我會想要知道更多吧。」

我在黃金週前已經先告訴她「只能提供外行人的意見」。根據她的說法是說，「小直學姊不知道感想有多值得感謝，妳太沒自覺了」。聽說看完小說把感想說出來的這個行為，是件難度不小的事情。

這已經是我讀過小律的第三個作品。小律三到四個月可以完成一個作品，由於她從國中開始執筆寫作，好像還有好幾個我沒看過的作品。

我只是老實把想到的事情說出口而已，可是小律總是邊頻頻點頭邊寫筆記聽我說感想，讓我感到害臊。

「這些給我很大的參考。請妳要再幫我看喔。」

「嗯。」

我們這個互動在四月時完全不是這樣。因為之前小律的大眼不安地四處游移，小小聲地問我：「妳願意再幫我看嗎？」

隨著時間過去，我感覺我們逐漸回到朋友的關係，也慢慢變成確實的學姊和學妹。

一年前完全沒想過會變成這樣。我只是偶爾來社辦看書而已。我不討厭獨自待在空無一人的空間中只有翻頁聲響起的寧靜日子，不過我感覺現在的社團時間變得更加充實。

小律面對稿紙低吟，我坐在她對面閱讀著文庫本。

我正在看川端康成的《伊豆舞孃》，這是以靜岡東側的伊豆為舞臺的故事。

我有天也想要去旅行。不是伊豆也沒關係，熱海、沼津、三島、富士或是富士宮都行，哪裡都好。

當然不是縣內也沒問題，可是因為縣內幾乎都是我陌生的場所，所以我想先從附近開始探索。即使我知道這大概是無法實現的夢想。

窗外傳來管樂社練習的小喇叭樂音。旋律偏高，非新版的寶島。

就在我看完一半左右時，目光看見長桌表面閃過紅色的光澤。

抬頭一看，窗戶外頭已經逐漸染上深紅。下午五點五十分，差不多要到社團活動結束的時間了。

我在文庫本中夾上書籤。這張夾進小小白色石頭花的手作書籤被人丟在社辦裡，我暫時拿來借用。

我看書的速度很慢，而且我只有社團時間可以看書，所以需要花很多天才能看完。

從圖書室借來的書本來應該放在自己視線可及的範圍內管理才行，可是我能稱為私人場所的地方只有社辦。

所以我總是偷偷把書放在社辦書櫃的角落。社辦平常會上鎖，所以我想應該沒問題，然而明確打破規定的感覺讓我心驚膽跳。

借出時間為兩週，距離歸還期限正好還有一週。如果素直不找我出來，我就沒辦法繼續看下去，所以我稍微有點焦急。

鎖上社辦，和小律一起走在無人的走廊上。

「社團下星期開始休息呢。」

「是呀。」

期末考十天前，運動社團和靜態社團的活動都會受到限制。

「妳會來社辦吧？」

「那當然。」小律笑著點點頭說。緊接著又補上一句：「那裡是最好的念書地點。」沒有過多雜物的社辦，比在自己房間念書的效率更好。

「嗯～女主角的名字該怎麼辦才好呢。」

小律持續殷切思考自己作品，開口說著幾秒前話題的延續。

「該怎麼辦才好呢。」

我知道她這番碎唸不追求我給她答案，所以只是隨口應和。

她表示把話說出口就能整理腦袋，進而浮現各種不同想法。她常常在嘟嘟囔囔碎碎唸之時突然大喊一聲「啊！」，拿出便條紙潦草地寫下筆記。

看來今天她腦袋中的電燈泡還需要一段時間才有辦法點亮。我在心中替努力的學妹加油吶喊。

「小直學姊不寫小說嗎？」

「嗯～不寫。正確來說是寫不出來吧。」

我肯定辦不到。就算做出認真表情，就算我倒立也覺得一個字都寫不出來。

如果是素直，她寫得出來嗎？

我想我應該沒有機會問她，可是還是不自覺這樣想。

我獨自走進教職員辦公室。鑰匙架空蕩蕩的。運動社團和管樂社都會很認真練習到天色昏暗。

還完鑰匙後前往鞋櫃區，脫下室內鞋換上學生皮鞋，和引頸期待我回家的自行車會合。和小律在後門前道別，她家就在學校附近。她不是因為制服可愛，而是因為通學方便而選擇這間學校。

車輪發出「匡啷匡啷」的聲響轉動，我一圈又一圈持續踩動緊貼在踏板上的腳。皮鞋的腳跟似乎很想癱軟下來，用力壓迫著我的阿基里斯腱。它已經忘記自己原本的形狀了。

◇◇◇

這是我誕生那天的事情。

那天，素直無論如何都不想參加兒童聚會的活動。

因為她和小律吵架了。素直是個很倔強的女孩，所以即使吵架也沒辦法自己先道歉。不過她知道吵架的原因在自己身上，被夾在不想道歉的自己和非道歉不可的自己之中。

這般情緒糾葛的最後，我誕生了。不過實際上，那天不是素直第一次和小律吵架，因此也無法斷言這就是理由。

儘管素直很驚訝，依舊對著我雙手合十。

彷彿向神明祈禱的姿勢一樣。

「妳可以代替我去公民館和小律和好嗎？」

面對和自己同一張臉孔的生物，她帶著緊張、戒備，以及些許期待的聲音。

我聽從她的話第一次前往公民館，第一次見到廣中律子這個女孩，做出愛川素直會有的不耐煩舉動，迂迴地向她道歉。

小律沒一會兒就原諒素直，我抱著凱旋歸來的心情步上第一次的歸途。對引頸期待我歸來的素直報告之後，她喜不自勝地用力抱我。

那天傍晚，在雙親回家之前，素直對我揮手道別。只要素直說「再見」，我的意識就會隨之中斷。

隔天，素直又把我叫了出來。

我沒有消失期間內的記憶，然而只要素直叫我出來，意識碎片般的東西就會突然從黑暗處一口氣湧出來，集結起來創造出我這個存在。

我每次被叫出來都會像照鏡子一般，和當下的素直相同打扮現身。她穿睡衣，我也會穿睡衣；她穿新衣服，我也會跟著穿著新衣服。當我消失時，我穿來的衣服也會一起消失得無影無蹤。

只不過，如果我中途從睡衣換穿其他衣服，聽說當我消失時，我身上的衣服會留在原地，而我穿來的睡衣會和我同時消失。

宛如不增加任何事物。宛如不減少任何事物。或許是因為神明或哪位人物的需求，事物總會巧妙地調整成合情合理的狀態。

素直得到沒人擁有的稀罕玩具，這份喜悅與驕傲在她的大眼中燦爛浮現。

「妳知道嗎？看起來跟真品一樣卻不是真品的東西叫做複製品喔。」

素直得意揚揚地對我展露她剛學到的新知。

而且小時候的素直有著孩子特有的旺盛好奇心，想要嘗試各種不同的事情。

複製品可以存在多長的時間？要是一起分食點心，肚子會不會變成兩倍飽？寫相同的考卷會不會拿到相同分數？猜拳可以平手幾次……素直嘗試了她小小的小孩腦袋所能想出來的各種事情。

然後在這之中得知，素直和我在生物學上幾乎是相同的存在。只不過，我們兩人之間有大河般的巨大隔閡。

不僅是身上的衣服。我每次出入，都會帶著素直最新的記憶誕生。但是那不是我自己的經歷，宛如定睛凝視河川對岸的景色一般，和實際感受相差甚遠的感覺。

舉例來說，我記不清楚素直昨天看的綜藝節目內容。因為素直自己沒有清楚記住。

閱讀小說和我探索素直記憶的感覺很相似，素直印象深刻的事情會用清晰的明朝字體撰寫，工整且容易閱讀。不過模糊不清的字，或是墨水糊成一團的字會難以解讀。

看起來素直感到開心或感到厭惡的事情等，影響喜怒哀樂的記憶會很清晰，除此之外不感興趣的事情，我就會感覺模糊不清。

在海邊堆沙堡，只要下一波海浪打上來就會瞬間毀滅，只有堆過沙堡的痕跡會稍微殘存下來。對沒辦法即時接收素直記憶的我來說，總得要極有耐心地等待大浪撲打後的沙地上浮現出什麼痕跡。

我感到很焦慮。我想要幫上素直更多忙。希望得到素直誇獎。希望素直開心。

季節流逝，我知道素直隨著年級增加，越來越跟不上學校的課業。

我只要找到機會就會打開課本讀好幾次，在腦袋裡整理內容。

素直無法共享我的記憶、經驗和傷。大概是因為不需要，愛川素直是愛川素直，她的構成不需要複製品的要素。

所以我某次提議要幫忙教她念書時，她玻璃彈珠般的眼睛看著我小聲說：

「不用了。不過妳代替我去考試。」

我不能讓素直丟臉，所以我盡自己最大的努力想要得到最好的成績。

一開始，素直把我當成不用客氣的朋友，或者雙胞胎姊妹般對待。素直是鑰匙兒童，所以我對她來說是能排解寂寞的存在吧。

素直只要叫我出來就會把最喜歡的泡芙分一半給我。我們一起看書，一起看動畫大笑。不能讓任何人看見我們兩人同時現身，我們的感情好得宛如共享祕密、只有彼此的好朋友。

可是在不知不覺中，這樣的時光消失無蹤。素直叫我出來之後只會傳達要事，再也不對我說其他事情。

我為了素直，替她和吵架的朋友和好。

我為了素直，替她考試考得好成績。

我為了素直，替她爬山、替她跑馬拉松，就連折返跑測驗也擺動手臂拚命跑。

為了素直、為了素直……我的一切都是為了奉獻素直而存在。

雖然我和人類同樣需要飲食、排泄與睡眠，可是只要素直一句「夠了」，我就會消失得無影無蹤，她便不再把我的生活放在心上。

所以我沒吃過早餐。很常吃午餐。點心只有在素直會和我分享那時吃過。兩人分著吃也不會讓肚子變成兩倍飽的泡芙，變成素直自己獨享了。

我幾乎不曾吃過晚餐。順帶一提，我從來沒有吃過生日蛋糕。

升上高中之後，午餐從營養午餐變成便當，這真的讓我感到非常開心。因為忙碌的媽媽準備的便當裡，有前一天晚餐的剩菜。

為了放進塑膠容器中而用廚房剪刀剪開的炸雞塊、可樂餅以及漢堡排，每樣都很入味，非常好吃。

而且還有為了填滿便當的空隙而特別準備的配菜。和甜甜美乃滋完美融合的馬鈴薯沙拉，擺在鋁箔紙上的通心粉焗烤，擁抱微苦蘆筍的培根，撒上鹽巴的水煮蛋。為了下飯，白飯還撒上鮭魚香鬆、牛肉燥或是海苔蛋香鬆。

素直不知道，我每天看見飯上的香鬆都會很開心。

素直現在已是不折不扣討厭運動的人，但是我喜歡運動。

素直討厭念書，我則還算喜歡。如果不逼自己這樣想，我就無法繼續當個複製品。

◇◇◇

隔天，素直也把我叫出來。承受重度生理痛折磨的素直，叫我出來的頻率增加了。

她今天早上連起床的力氣也沒有，我輕輕把水和止痛藥放在貓腳矮桌上後出門。上課，獨自吃便當，下午昏昏欲睡，放學後收課本。所有人作夢也想不到，是複製品來代替本尊上課吧。

去文藝社社辦。一如往常，社辦門鎖開著。小律放學後都會第一個去拿鑰匙開門。沒有上鎖的房間莫名有種安心感。因為從學校回家時，迎接我的玄關大門以及素直的房門都鎖得牢牢的。

「早啊。」

「小直學姊早安。」

白煮蛋額頭閃閃發亮，汗水帶來的影響似乎很大。

小律的表情透露出些許疲憊。從全開的窗戶往上看，如實呈現夏天形狀的積雨雲看起來很舒服地飄浮在空中。

生銹的電風扇在社辦角落發出「喀咚喀咚」的聲響搖頭晃腦，它吹出來的微風卻不怎麼有用。它既沒有想讓我們活下去的氣力，更感受不到它想要活過這個夏天的骨氣。

空有虛名的梅雨季尚未結束，天氣預報明明持續畫上降雨符號，可是昨天和今天都陽光普照。

「要是有經費，就可以買新的電風扇了。」

「就是說呀。雖然是作白日夢啦。」

小律沒個樣地趴在桌子上，半睜著眼瞪著電風扇。

只有兩個成員的文藝社，學校只借給我們小小的社辦教室用。

「要不要收社費？」

我嚇了一跳。

理所當然的，身為複製品的我拿不到零用錢。

我看見父母買娃娃、護脣膏、衣服、藍光光碟和智慧型手機給素直的記憶，曾經感到羨慕。雖然為了避免同班同學起疑也會帶智慧型手機來學校，這終究不是我的東西。

空無一物的我，好想要專屬於自己的東西。

我小時候會主動打掃浴室或洗衣服換零用錢。

我持續把五十圓硬幣藏在布滿塵埃的罐子中。那是素直小學六年級去迪士尼樂園畢業旅行時，當作伴手禮買回來的巧克力酥餅的罐子。

素直不知道我偷偷把罐子拿來用，我想她大概連有這個罐子都忘掉了。

我從未花過零用錢一直存到今天，大罐子早已裝滿五十圓硬幣，傷腦筋的我把疊兩個超市塑膠袋裝的錢和罐子藏在二樓走廊的櫃子深處。

這兩個東西裡都裝滿五十圓硬幣。滿滿的。因為不能被素直發現，我從來沒把充斥金屬氣味的塑膠袋提起來過。

「電風扇大概多少錢啊？」

「我去家電量販店看過，舊型機種頗便宜喔。最便宜的大約一千圓左右。」

「咦？好便宜！」

考慮電風扇在夏季中的價值，我還以為起碼要一萬圓耶。

「那麼一個人只要有十枚五十圓硬幣就買得起呢。」

「為什麼要換算成五十圓硬幣啦。」

小律打趣笑我。不管打掃浴室、洗衣服、摺衣服還是吸地一律都是五十圓。五十圓看起來跟甜甜圈一樣很可愛，孩提時代的我將硬幣當作寶物般緊緊握在手中。

此時門扉響起「叩叩」的敲門聲。

我和小律停止說話面面相覷。至今從來不曾有人特地敲門來訪文藝社。

小律開口喊：

「門沒鎖。」

照理說不好拉開的門靜靜打開。

我抬頭看站在門前的人。高個子的他，我知道他的名字。

真田秋也，我的同班同學，前籃球隊員，擦黑板的專家。和昨天不同，現在的真田同學看起來有些許驚訝。

可是為什麼真田同學要來文藝社社辦？我的疑問堵在喉頭說不出口，看著無聲困惑的我，真田同學輕輕歪頭。

「我想加入社團，可以嗎？」

「咦？」

感覺他低聲說出意料之外的事情，我睜大眼睛。

「請問是誰要加入？」

「還能有誰，是我啊。」

這樣說也是。這樣說是沒錯啦，可是太令人意外了。

大概是我平淡的反應引發誤會，真田同學不好意思地搔搔臉頰。

「是不是有什麼規定？」

規定？

「加入社團的條件。」

「沒有特別的條件，可是您……」

「幹嘛用您？」

「咦？這是因為……」

「你們不在這種不上不下的時期收新社員的感覺？」

「哇啊啊。」

他連珠砲似的不停提問，我的腦袋追趕不上，嘴巴也支支吾吾。

「我們超級歡迎新成員加入喲～因為只有兩個成員。」

手肘撐在長桌上的小律笑瞇眼。

對方明明是男生、是學長，而且還是真田同學，小律好冷靜。比我還輕鬆以對。

「小直學姊，請讓他寫入社申請書，然後你們一起去交給老師吧。」

「咦？啊，嗯。」

小律自然地伸出援手救我，比我還像學姊。

不過就跟小律說的一樣，即使空有虛名，我也是社長，這是我的工作。總之我先站起身，卻在此時受挫。

「小律，入社申請書放在哪裡啊？」

我的臉頰微微發紅，立刻就被新成員發現我是空有虛名的社長了。

「就在那個架子上的鑵鑵裡啊。」

鑵鑵，鑵鑵啊。

這也是迪士尼的鑵子。之前裝仙貝的平坦大鑵子。原本裝滿鑵子的仙貝，已經被很久以前畢業的學長姊們吃光了。

我打開布滿灰塵的蓋子，裡面出現亂七八糟的紙張。我邊想著「這些是什麼啊」邊翻動，終於找到入社申請書。

把Ａ４裁成一半的Ａ５紙張被橡皮圈束起來。大概是沒用美工刀切割，紙張歪七扭八，大概隨手拿剪刀來剪吧。

總覺得好像有點髒，當我想要抽第二張起來時突然驚覺，真田同學還很有規矩地站在社辦外面。

「麻煩你寫這個。」

我拿起申請書快速說完，真田同學稍微彎腰走進社辦。他把體重全放在左腳上，把右腳踩地的時間壓到最短。

感覺問他「還好嗎？」很多餘，於是我沉默不語。小律眨眨眼，但是她果然也沒說話。

他拉出折疊椅。是我身邊的位置。儘管有四張椅子，小律身邊的位置在窗邊，所以自然而然會選擇門口附近，我身邊的位置。

他放下背著的黑色後背包，小律說著「請用」遞出原子筆給他。這是平常總在桌上滾來滾去，某位學長姊留下來的原子筆。透明的墨水看起來早就已經寫完了，卻仍舊源源不絕地湧出黑色墨水。

「謝啦。」真田同學簡短回應。反應遲鈍的我視線在兩人頭上左往右來，將入社申請書輕輕放在桌上。

真田同學工整的字跡填滿申請書的空欄。社團名稱的欄位已經印上「文藝社」的字樣，因此只需填寫年級、班級以及姓名三個欄位。

不到一分鐘就寫完的真田同學站起身，折疊椅沒發出嘈雜的聲音。他明明身材高大，很不可思議的是他身邊的聲響很小。我還來不及思考為什麼，小律已經開口送我們出門。

「路上小心～」

我和真田同學立刻前往教職員辦公室。

教職員辦公室就在附近。走出教室後，右邊的右邊。

「啊～好涼喔。」

打開辦公室門的瞬間，真田同學不禁輕聲獨語。我完全贊同，涼風驕傲地吹拂過汗溼的額頭、臉頰和脖子。

這裡果然跟綠洲一樣。無敵的輕紗包裹住整個身體，彷彿成為自由自在運用冰魔法的魔法師。

「報告。」

睽違一天的慎重問候。原本面對桌子的老師們轉過來看我，不過立刻失去興趣又別開眼。我總會在這幾秒的時間心跳加速。由於不擅長應付這份緊張感，即使知道歸屬地的隔壁再隔壁有片綠洲，也不太願意靠近。

入社申請書要交給文藝社顧問的赤井老師，但是老師不在辦公室。因為他兼任劍道社和文藝社的顧問，不用費心的文藝社平常被他丟著不管。老師十分清楚我和小律認真且乖巧不會做出違規行為，所以要我們有問題再找他商量。到目前為止正如老師所預料，我們並沒有特別遇到類似的狀況。

「放老師桌上吧。」

在冷氣運作聲與寫字聲交錯當中，我張開自己乾燥的嘴脣。

「好喔。」

真田同學似乎毫不緊張，他把入社申請書確實放在凌亂的桌子正中央。

我拿起青蛙擺設當作紙鎮壓住薄薄紙張的邊緣，這樣就不會被忽略了。赤井老師非常喜歡青蛙，桌上到處擺著他去旅行時蒐集來的青蛙小物。老師每次回辦公室，都會逐一確認青蛙們是否完好。嘓嘓。

在我們要離開辦公室時，我遲了一步才發現，有好幾個老師正看著這邊。不是看我，而是看著真田同學。

他身材高挑，走路一拐一拐的，就算只有眼角看到也相當醒目吧。即使如此也感到厭惡。我討厭那種宛如遠遠觀察著「離開籃球隊的學生來辦公室幹嘛啊？」，毫不隱藏好奇心的眼神。

真田同學裝作不知情。

大概是因為他發現了刀刃般銳利的視線才這樣表現。

「打擾了。」

「啪唰」——我發出攻擊性的聲音關上門，真田同學一句話也沒說。他或許認為我是個粗暴的傢伙。

走出辦公室正好八秒，無敵的薄紗輕而易舉脫落。經歷短暫夢境的頭頂到腳尖，輕而易舉地回到原本的世界中。

真田同學相當不捨地拉起襯衫搧動，但是這裡只留下溫熱的空氣。

我不想要帶著暴躁的情緒回到社辦。

「我可以繞去圖書室嗎？」

教職員辦公室的隔壁。也就是說，文藝社社辦和辦公室中間就是圖書室。

雖說原為置物間，我非常尊敬可以得到這個絕佳地點的學長姊們。對許多學生來說，在教職員辦公室附近或許跟懲罰遊戲沒兩樣，可是對時常利用圖書室的我來說再好不過。

「我知道了。」

從敞開的門走進圖書室，便看見熟悉的圖書館員和正在借書的高年級學生。

我稍微確認書背，是乃南朝的《肥皂泡泡》。從書名無法推斷是什麼樣的書，下次借來看看吧。

利用圖書室的人平常就不多。只有教職員辦公室一半大小的房裡擺滿書架，但是我不曾見超過五個學生同時在這裡。課程中需要查資料時，學生也會多到座無虛席，可是這種時候的圖書室充斥過多雜音，有種變成陌生地點的感覺。

我走在沿著牆壁擺放的書架旁邊，和通勤路徑相同，是我熟悉的小路。在泛黃的書本香氣包圍中，我憤怒的情緒逐漸平穩。

我現在正在網羅近代日本文學作品。芥川龍之介、太宰治、樋口一葉、坂口安吾……拚命地閱讀人人至少聽過作者名字或作品名稱，超級知名作家的作品。

與現在不同名字的時代中寫下的作品，常會出現不清楚意思的詞彙，我時常受到社辦裡的廣辭苑與國語辭典的幫忙。有些書在最後面會統整單字解說，可是解說中也出現不懂的單字時，不翻開辭典就無法繼續讀下去。我喜歡翻閱厚重的辭典，喜歡用手指逐一尋找單字的時間，喜歡被映入眼簾的字彙吸引而不自覺沉浸閱讀中的時間，所以我在上課時間以外不用電子辭典。

說起我在近代日本文學之前搜刮什麼，我搜刮國外的推理小說。在那之前則是現代文學。我只看過幾個知名作品以及我好奇的作品，所以也並非一下子就對那方面澈底了解。

我知道比起我看書的速度，一本書問世的速度還要快上許多。

真田同學一言不發地跟在我後面慢慢走。

我沒花太多時間就想到要找他說話。雖然禁止聊天，只要不吵就不會被罵。之前只有在身邊的小律大叫「天啊！竟然有《Re:Zero》耶！」時被罵過一次。

這樣說起來，我忘了問《Re:Zero》是什麼了。

「真田同學喜歡看書嗎？」

「沒特別。」

沒特別喜歡，沒特別討厭，是哪一個啊？

「普普通通。」

原來如此。

我想多數人都這樣。喜歡看書嗎？沒特別，就普普通通。

時至此時我才想到，我完全沒有說明社團活動的內容。

「在文藝社裡，我大概都在看小說，剛剛和我待在社辦裡的小律……廣中律子學妹，她會寫自己創作的小說。我偶爾會看小律寫的小說給她感想。」

沒聽見他的回應。他剛才還會簡短應和我一下耶。

我感到不可思議地回頭看，只見真田同學正在搔臉頰。這是幾分鐘前也看過的舉動。

啊，我現在才發現，他十根手指的指甲都修剪得很整齊。他是不是習慣在不知所措時搔臉頰呢？

「我沒寫過小說，不寫不行嗎？」

我理解他在擔心什麼之後微微一笑。

「沒有不行，完全沒問題。我們也沒舉辦比賽。啊，小律個人會投稿小說獎就是了。」

「是喔。」

絲毫不感興趣的應和。

「然後就是校慶時會發行社刊。去年只有刊載感想文，可是之前會刊載小說、詩歌、專欄以及散文之類的內容。」

「感想文是看書心得嗎？」

「沒錯、沒錯。」

我和兩位學長都不是會寫文章或畫插畫的人，但是也不能什麼都沒出，所以我們三人總之先寫了一千字左右的感想，然後在旁邊貼上免費素材的插畫。這是歷代社刊中，可謂最丟臉、最薄，也最沒內容的一本。

今年有小律在，應該不會重蹈覆轍去年的窘境。

「愛川妳啊，還挺認真參加社團活動的耶。」

突如其來的一句話，讓我掛在臉上的含蓄笑容僵住了。

「因為我只有妳老是在體育館外面尖叫的印象。」

我差點要垂頭喪氣了。

素直從未來過文藝社社辦。說起素直放學後在做什麼，她跑去看以帥哥雲集聞名的籃球隊練習。

素直自己對籃球沒有太大的興趣，只是陪迷妹朋友一起去看而已，然而如此詳細說明也沒有意義。

真田同學不久前還是籃球隊的一員，當然很清楚素直那群人尖叫個不停。他是怎麼看待那副模樣的呢？

「我不能否定啦。」

真田同學沒有追擊嘆氣的我。他似乎沒有揶揄的意思，只是想到什麼說什麼。

他四處張望著，彷彿表示話題到此結束。身材高挑的他甚至可以和書櫃比身高。

他很新奇地在全是書的房間裡左顧右盼。

眼睛看見的東西肯定和我有所不同。

「妳要借哪本書啊？」

「不對。今天不是我，來找真田同學要看的書吧。」

我還沒看完《伊豆舞孃》，所以過一陣子再找下一本書就好。

真田同學轉過頭來看我一眼。

他該不會感到厭煩了？他並沒有想看書之類的？

「妳有推薦的書嗎？」

和我的預想相反，他似乎相當起勁。

「咦？啊，嗯～」

雖然統稱為書，還是有各種領域與類型。從繪本到文藝、圖鑑、歷史書以及學術書籍，還有奇幻小說或戀愛小說等，怎麼舉例都舉例不完。

雖然用提問回答提問不太好也不一定，我還是姑且問一句：

「你有特別喜好看哪種書嗎？」

「沒有。」

直截了當。

「那麼國文課本上的故事或詩歌，有讓你印象深刻的嗎？」

在白眼球中央轉動的黑眼珠，看向日光燈的方向。

「沒有上進心的傢伙是笨蛋。」

我還以為這句話是在對我說，因此嚇了一跳。

「突然想到上課曾經上到出現這句臺詞的故事。」

我讓呼吸平穩下來之後回答：

「是夏目漱石的《心》對吧。『精神上沒有上進心的人是笨蛋』。」

「對，就是那個。」

這是夏目漱石的代表作，據說也是日本最熱賣的小說。

身為複製品，我認為自己是有上進心的人。儘管運動能力和素直差不多，我會反覆閱讀課本，看書找折返跑的祕訣，累積自己能力所及的努力，取得還算不錯的成績。不過我沒見過自己以外的複製品，無從比較起就是了。

我們在出現缺牙般空隙的書架之間行走。我從去年三不五時就會來圖書室，所以大致掌握哪位作家的書擺在哪個位置。

拿起文庫本的《心》，真田同學看見頗有厚度的書不停眨眼。課本上只擷取了幾頁，因此我非常明白他的心情。

「課本上的內容，大多都從長篇中擷取下來。《心》本身還分成上、中、下，課本只有下的幾個場面而已。」

大概是抱著希望大家能多少熟悉書籍的想法而放進教科書中。雖然人數比大人想像得還要少，看完課本後對故事後續產生興趣的學生，肯定會前往圖書室或鎮上的圖書館，或者上網看維基百科或書評部落格。

真田同學接過我手上的書。

「我讀讀看。」

「嗯。如果你願意，請告訴我感想。」

「我知道了。」

我也喜歡聽別人說感想。

即使讀同一本書，每個人的心得也各有不同，有多少人就有多少想法，實際感受這個理所當然的瞬間，我不知為何總會感到心安。

書架上四處都有我只知道書名的書。讀過的書只有一點，不知道的書有好幾倍以上。

我聽說出版業一天出版數百本書。我得花五天到十天才終於讀完一本書，可是在這段時間裡，世界上增加了讀也讀不完的書。即使我不是複製品只是普通人類，而且每天都有自由閱讀的時間，肯定仍然差不了多少。

到櫃檯辦好借書手續回到社辦時，小律哭喊著：「電風扇壞掉了啦！」不停跺腳。

發現我們呆傻以對，她便用戲劇性的動作張開雙手。

「兩位學長姊！終於不行了，要世界末日了。我會熱死在這邊。」

她泛紅的臉是因為激動嗎？還是因為氣溫呢？

要安撫情緒激動的小律得花費一番工夫。正當我煩惱著不知如何是好時，真田同學在我背後小聲問：

「如果不介意，我拿一臺來吧？」

「拿什麼？」

「電風扇。我家有沒在用的。」

我和小律互相對看。

「……救世主。」

只有這次我覺得小律的反應一點也不誇張。我也感動得想要雙手交握崇拜他。我們的臉頰已經感受到尚未吹拂的爽朗涼風，因而心情雀躍。

「可以嗎？真的嗎？」

「反正沒在用。」

果然是救世主。

「謝謝你，真的幫大忙了。」

我雙手交握低下頭。這是對神明祈禱的姿勢。

「不是什麼大不了的事情啦。」

雖然真田同學如此說，他的耳朵似乎紅了。

該不會害羞了吧？

不會吧，怎麼可能。

「幹嘛？」

「沒、沒什麼。」

看來被他發現我盯著他看的樣子，我雙手在面前揮動。

儘管真田同學感到疑惑，仍然在位子上坐下打開《心》。他似乎打算立刻開始看。我不想打擾他閱讀，所以迅速離開。

我小聲對把電風扇搬到角落的小律說：

「小律，妳真厲害。」

「對吧？話說是哪裡厲害？」

「因為妳面對真田同學也能正常說話啊。」

大概是我無謂緊張。雖然稍微講幾句話就知道真田同學不是恐怖的人，即使如此仍然有點心驚膽跳。光對方是男生這點，就讓我有心臟表面起雞皮疙瘩的感覺。

小學時還沒這種感覺，因為大家的身高和外表都差不多。

可是現在有的人長了點鬍鬚，或從襯衫衣縫中可以看見濃密的腋毛，只是靠近就會聞到濃厚的汗臭味，讓我產生明確的抗拒。

這樣說起來，真田同學身上的汗臭味很淡。

把書交給他時，他的襯衫袖口傳來淡淡的香皂香。

「我偶爾會和堂兄弟一起玩，所以對髒兮兮的男生很有抵抗力喔。」

聲、聲音太大了啦。

我轉過頭確認，真田同學還在看書。他好像沒聽見，讓我鬆了一口氣。

素直沒有兄弟姊妹，也沒有年齡相近的親戚。

要是她有哥哥或弟弟，我也有辦法若無其事地與真田同學自然說話嗎？我稍微思考了一下這種沒意義的事情。

老舊的電風扇在社辦角落沉默。它就連發出會讓人不安的「嘎嘎嘎」怪聲的力氣也都沒有了。

受到生銹的防護網所保護，脆弱且單薄的葉片。感覺無法飛上天的葉片正怨恨地抬頭看著我們。

我大概和它對上眼了。

我是素直的複製品，但是電風扇從頭到腳都是真品。

「電風扇要怎麼丟掉啊？」

「算大型廢棄物嗎？我們去問赤井老師吧。」

兩人一起低頭看。

「欸，我們祭拜它吧。」

「幹嘛要祭拜啦。」

小律笑著的同時配合著我，雙手合十說著「南無南無」。

「謝謝你辛苦到今天。多虧有你，我們才能好不容易活到今天。」

不知為何，小律用老婆婆的口氣如此說。

「謝謝你為我們工作了這麼久。我們沒問題的，請你安眠吧。」

大概發現了我們的舉動，真田同學開口問：

「妳們在幹嘛啊？」

「在向它道謝。」

我還以為他問完後會把視線拉回書上，結果他把文庫本放在桌上走過來。

模仿我和小律雙手合十。

「電風扇，謝謝你。」

我心想他果然是好人。

「啊。」

我在此想到我忘記說很重要的事情了。

「真田同學，歡迎加入文藝社，我們誠心歡迎。」

「咦？現在說？」

因為真的給人「現在說？」的感覺，我覺得有點丟臉。

不過明天說更奇怪。大概是發現到了這一點，身旁的小律也說著「誠心歡迎你～」，獻上空有氣勢的鼓掌。我也零零落落地跟著拍手。

在手心互相拍擊發出聲音的空檔，真田同學點頭表示：「謝謝妳們。」

文藝社迎來了第三位成員的加入。

# 第2話　複製品翹課。

「欸，是怎麼回事？」

我才剛醒過來，連好好深吸一口氣的時間也沒有，素直立刻逼問我。

儘管替我命名「Second」的是素直，她命名後從未喊過這個名字。她總是叫我「欸」或「妳啊」，心情不好時還會喊「喂」。今天也是如此喊著：「妳啊！」

我偷偷看了牆上的時鐘一眼，短針指在五，而長針在二十七的位置稍作歇息。只有秒針一刻不得閒卻毫無怨言地辛勤工作。

現在不是早晨而是傍晚。我昨天才被叫出來，所以今天是星期五。

真田同學的《心》看到哪裡了呢？雖然我很好奇，現在沒時間說這個。因為素直一臉隨時都要喊出「喂」的表情。

「什麼事？」

「什麼『什麼事』啊。」

彷彿狠甩我一巴掌的恐怖聲音。

在空調過冷的室內，素直態度高傲地在床邊坐下。我被迫站在她面前，彷彿忘記寫作業被叫到走廊罰站的小學生一般舉步維艱。

素直絕不會在房間以外的地方叫我出來。因為不能讓任何人看見她和複製品同時出現。

「真田突然跑來找我說話。」

啊——我不禁摀住嘴。這樣說來我忘了告訴她。這是因為我不會對素直詳細說明文藝社的活動。

儘管以前曾對她說過，素直後來覺得聽我報告的時間很麻煩，不想聽我說。

聽到我說小律來到只剩我一人的社辦時，明明她還驚訝地睜大圓潤的大眼，但是在我說起小律在寫小說以及小說的大綱與內容時，她感到無趣地表示「我對那個沒興趣」，打斷了我的話。

「說電風扇什麼的，我根本聽不懂。」

啊啊，我好想雙手抱頭。我回顧素直今天早上的記憶，遲了一步才得知發生了和電風扇有關的小騷動。

「我不是要瞞妳。真田同學加入文藝社了。」

「真田是真田秋也沒錯吧？」

「對，真田秋也同學。」

「為什麼？」

我也很好奇為什麼，但是我沒想過要特別去問本人原因。入社申請書上也沒有填寫入社理由的欄位。

而且儘管素直如此說，從周遭學生來看，外貌姣好的素直加入文藝社才顯得更加奇怪。

「我不清楚原因，可是他加入文藝社了。然後因為社辦裡的電風扇壞掉了，他就說他要拿家裡的來給我們。」

我原本想接著說「真是太感激他了」，但是又把話收了回來。

就算對我和小律來說很開心，對素直來說並非如此。素直連文藝社社辦裡有沒有電風扇都不知道，也根本沒興趣。

我一焦急，頓時不知道該說什麼才好，只有嘴脣以平時的一點五倍速動起來。

輕薄的風扇正在空轉。

「之前用的電風扇很老舊。那個，我聽小律說，便宜的電風扇一千圓左右就能買到。」

「這種小事我知道。」

啊啊，又來了。

我反省著總是這樣。我又說出不可以說出口的話了。

素直用明顯蘊藏怒意的雙眸睨視著我。

「妳別得意忘形。」

我知道素直討厭我裝模作樣地說出從別人那裡聽來的事情。

不管我說什麼，素直都會生氣地說「那種小事我知道」。即使素直根本不知道，我在明白素直不知情的前提下說出口，她仍然會感到憤怒的樣子。

「對不起。」

但是啊，素直。聽我說啊，素直。

上哪裡都找不到比我更有上進心的複製品了喔。我說真的。只要考試和體力測試時拿到好成績，素直就會很開心，所以我一直很努力，

「已經夠了。」

她冷漠地拋下結束的一句話。

在我回話之前，我直接沉入黑暗中消失。

素直最近對我很不耐煩，我常常以這種形式消失。

我突然驚覺，我已經幾年不曾見過素直的笑容。

◇◇◇

下一次被叫出來是三天後。六月二十一日，星期一。

下星期到下下星期的五天期間將舉辦期末考。即使對大多數學生來說只是麻煩的例行公

事，對我來說是很開心的事情。

因為到考試結束前，素直幾乎每天都會讓我去上學。取而代之的是我得考出好成績才行。考出素直不會失望的成績。

這天從一早起便淅淅瀝瀝地下著綿綿細雨。我抱著陰沉的心情抬頭看灰色的天空，同時迅速扣上雨衣前方的鈕釦。

學校指定的奶黃色雨衣分成上衣和褲子。上衣還有遮掩口鼻的面罩，因此只要一穿上，雨聲就會頓時變得遙遠。

我想像著自己被無法承受重量而掉落地面的天空壓扁，同時跨上自行車。

偶爾在路口剎車「哈啊」一聲疲憊地吐出一口氣後，面罩便會染上一片白。

雨衣不受歡迎的理由之一就在此。水蒸氣悶在裡面，會讓鼻子底下冒出小鬍子般的討厭汗水。由於沒辦法把雨溼的手伸進去，直到脫下雨衣前都無法擦汗。不會被誰看見是唯一的救贖。

車輪框的「匡啷」轉動聲也好遙遠。

終於抵達自行車停車場脫下雨衣的瞬間，我感覺聽到屏息至此的全身發出歡喜之聲。

我拿出毛巾拚命擦拭汗溼的身體，然後只在脖子和腋下噴了一點止汗噴霧劑。

脫下來的雨衣則攤開在自行車上晾乾。為了避免被風吹走，我把邊邊塞進龍頭和置物架之間。

說起擠進教室裡的同班同學們，大家都一臉無精打采。看來大家都對糾纏不休的溼氣感到厭煩。

不過我不是對下雨或溼氣感到憂鬱。這天我有件掛心的事情。

放學後，我穿過稀稀疏疏出現的空位間去找真田同學說話。

「真田同學，前幾天很抱歉。」

他抬起頭。感覺留在教室裡的同學也一起轉過頭來看我們。

坐如針氈大概就是現在這種感覺吧。

真田同學站起身，把後背包掛上右肩背著，下頷朝斜上方努了一下。

「去社辦吧。」

我前幾天曾對他說過，考試前也會打開社辦。

真田同學走出教室，我跟在他身後三步遠走著。

「那麼，妳剛剛在講什麼？」

不是在裝傻，真田同學用真的不明就裡的聲音問我。

但是我擁有素直的記憶，所以我知道。

「你專程拿電風扇來，我卻做出很失禮的態度對吧？」

「我沒特別在意啦。」

我從後方探看真田同學的表情。他面無表情，所以我也無法判斷他是真的不在意，或者只是壓抑著怒意。

真田同學打開社辦門，不過裡頭不見小律。

桌上只有從筆記本上撕下的紙張，上面寫著「今天值日生是也！」。小律似乎先特地繞過來開門的樣子。

此時我突然發現，然後忍不住驚呼：

「電風扇！」

彷彿與生離的兄弟重逢的心情。我一跑過去，電風扇便緩緩轉過頭來朝我微笑。

大概是小律打開的，扇葉開心地轉個不停，毫不吝嗇地提供涼風。

真田同學把後背包放在地板上邊對我說明：

「我在那之後去一年級的教室繞了一圈找到廣中，請她打開社辦門搬進來的。壞掉的電風扇則請赤井老師拿去當作大型廢棄物丟掉了。」

很多事情對不起他，不知該從哪件事情開始道歉。

「對不起。那個，真的很對不起。還有謝謝你。」

「哪個啊？」

「兩、兩個都是。」

全部混成一團。我想要道歉，也想要道謝。

我在緊鄰的座位上坐下，還有點坐立不安。

我有意識地吸入氧氣，接著一邊吐出二氧化碳一邊明確地說：

「真田同學，以後請你別在文藝社社辦以外的地方跟我說話。」

「什麼？」

我嚇得身體一顫。男生的「什麼？」很恐怖，特別是真田同學的「什麼？」很有魄力。

大概是發現我在害怕，真田同學的手摸著後頸。

我心想不是搔臉頰啊？如果他不知所措時會搔臉頰，那麼摸後頸是什麼意思呢？是生氣的意思嗎？

「呃，不是啦。我聽不太懂妳的意思。」

「我想也是。」

這也是當然。突然聽到這個要求，任誰都會感到混亂。

「該怎麼說呢，我的情緒起伏很大。有高浪也有低浪之類的，有各種情緒。」

就像要將我吸進去的漆黑眼珠定睛注視著我。和他四目相對也令我忌憚，無處可去的視線轉往窗外。

富含水分的厚重雲層覆蓋遮掩天空。儘管中午過後轉為小雨，潮溼的操場上看不見平常總散落在操場上的運動社團成員的身影。

「我不希望帶給你不愉快的心情。」

「不會啦，我不會因為被高浪打擊就不高興。」

好貼心的迂迴說法。這是尊重對方的說話方法。

「是我不願意。對不起。」

看見他瞇起眼睛注視著自己，讓我想挖洞鑽進去。就像挖洞在地底前進的鼴鼠一樣。

小學時，我曾經在通學路旁的田裡發現一個大洞，看見從洞中探出頭來的鼴鼠。可是一對上眼，牠就立刻逃進洞裡了。

這不是素直的，而是我的記憶。素直從來都不曾看過真正的鼴鼠。

「所以之後別來找我說話。我找你說話時，普通地和我說話就好了。」

說出口後才發現這個要求未免太自私，就連自己都深受衝擊。不過我抬頭看真田同學，他似乎沒有生氣。因為他的手正在搔臉頰。

骨節明顯的手指動來動去。

「這樣會有點傷腦筋。」

「為什麼？」

「我想找妳說話時該怎麼辦？」

我沒想到他會這樣回問，因此嚇了一跳。

這表示真田同學想要找我說話嘍？

我的臉逐漸升溫，我不禁擔心是不是臉紅了，可是我無法在真田同學面前拿鏡子出來。

不對。因為我是社長，才有找我說話的必要。

我不可以有奇怪的誤會——我如此告訴自己。

「那麼這樣吧。」

我手上沒有髮圈，所以實際用雙手把頭髮抓起來給他看。

就在我整理髮型時，真田同學注視著我。

「這叫做什麼？」

「這個嗎？公主頭。」

以前小律曾幫我梳頭髮，替我綁出這個造型。

雖然素直會綁馬尾，卻不會綁公主頭。所以我才想到可以利用髮型來分辨我和素直。

「我、覺得、很適合妳。」

他不太自在的讚詞讓我的臉頰自然發熱。

這樣簡直就像我在央求他誇讚。

臉頰逐漸升溫。明明在小律說著「妳好可愛」抱緊我的時候，即使感到害臊也不曾出現這樣的心情。

「謝、謝謝你。那麼我綁這個髮型時，就是你可以找我說話的時候。」

薄脣無聲地做出「謝」的嘴型動著。真田同學先別開眼，我岔著聲道歉：

「亂七八糟的，真的很對不起。」

「不會，是我太麻煩。」

該怎麼說呢。一種尷尬，但是又有種輕飄飄的感覺。

「這樣說起來，你看完《心》了嗎？」

這個話題或許轉得有點硬，但是真田同學順著說：

「還沒看完。已經看完上了。」

正如我在社團活動中看到的印象，真田同學的看書速度似乎比我慢一點的樣子。他會帶著深思的表情，用皮厚的指腹翻過頁面。

「今天開始看中。」

「不用準備考試嗎？」

真田同學沉默不語。這並非表達答案，而是思考回答方式的空檔時間。

「我不會特別準備。」

「不會準備？」

「他說我不用準備也沒關係。」

是誰對他說了這種話呢？感覺不是學校老師，不過我也不認為出自家人之口。

我不清楚真田同學的學業成績。我們一年級不同班，而我聽到他的名字時總是與社團活動有關。

「這樣啊。」

儘管很好奇，我並沒有深問。我自己也有很多不想被人深究的事情。

「辛苦了～」

門框發出「匡啷」聲響打開，小律接著現身。我說完「謝謝妳幫忙開門」之後，她對我比出YA的手勢。和真田同學的對話則自然而然地在此中斷。

在對面坐下的小律摸索書包拿出長方型的零食盒子。要是被老師發現就會被沒收，所以大家都會偷偷把各種零食藏在書包的內側口袋裡。

「小直學姊，妳要不要吃百力滋？」

「要！」

小律拿出百力滋擺在我的嘴邊，我一口咬下前端。鹹鹹的沙拉口味在我口中擴散開來，我享受著這番滋味。

我邊咀嚼邊自然地看過去，小律的書包裡不只有百力滋，還有百奇的盒子。疲倦時大腦會渴望甜食，百奇也是緊急乾糧之一吧。

「真田學長也請用。」

「謝啦。」

再怎麼說也是將整個百力滋的銀色袋子遞給真田同學。

在我們三人的點心時刻結束後，我重振旗鼓般高聲疾呼：

「好，那麼我們來念書吧。」

我從書包中召喚出課本和題本等東西，小律在我對面扭曲雙脣喊著：「不要啦。」

看來她原本打算拿我最愛的食物餵養我，試圖讓我忘記「念書」這兩個字，真是聰明反被聰明誤。

「對了，小直學姊，先等一下，我有事情想問妳。」

「妳還不肯死心啊。快放棄掙扎吧。」

「不是，我說真的啦！忘了嗎？我該用Double還是Doppelganger，無法決定呀。」

「妳們在說什麼？」

難得見真田同學如此感興趣，小律正中下懷般說明：

「在說我寫的小說。我無法決定主角們的別稱，所以找小直學姊商量。」

「這樣啊。」

真田同學不甚理解地輕輕歪頭，臉上帶著奇怪的表情。

「聽說看到Doppelganger就會死掉喔。」

我在書上看過。我想著或許可以得知複製品的生態，所以從圖書室拿了幾本相關標題的書來看，結果並沒有知曉重要的事情。

Doppel這個單字在德語中有複製的意思。以及Doppelganger出現，會被當作死亡的前兆而遭人畏懼。

第一次見面時，年幼的素直連驚呼都喊不出來，眼睛大張讓人以為她的大眼珠就要掉出來了。

「像『回歸的人魚公主』就是以喜劇收場耶。」

在全世界可以舉出幾個看見Doppelganger的事例，小律口中的「回歸的人魚公主」是其中相對知名的故事。

一九八五年六月，德國北部一位名為阿羅伊奇雅・楊的年輕女性因為溺水陷入昏迷，可是她的戀人以及朋友都看見應該正在住院的她在自家附近海邊散步的身影。

在海邊走來走去、看起來很像阿羅伊奇雅的女性，一語不發地穿著衣服消失在大海中，她的朋友們回過神來想去找她卻找不到人。接著在那十六分鐘之後，她們接到醫院的聯絡得知阿羅伊奇亞恢復意識了。

這一連串的事情幾次被電視節目拿出來當作真實懸疑事件探討，在日本也引起一定的話題。許多人都說阿羅伊奇雅超越不幸醒來的事情是奇蹟，而她也不知從何時開始被稱為「回歸的人魚公主」。

然而因為見到疑為阿羅伊奇雅二重身的人只有認識她的人，開始有人認為是造假，甚至還讓電視臺和她的男性朋友鬧上法庭。

「實際上到底是造假，還是離魂症的一種，沒辦法有個定論呢。」

身體與靈魂分離的現象，又被稱為離魂症或是影子病。大多認為離體的靈魂只要回到身體，這個人就不會死掉且獲救。發生在阿羅伊奇雅身上的事情，或許也可以如此解釋。

我們則不同。

素直的身體和靈魂都不會因為我的出現而有所損害。

而且素直既沒生重病，也很少發燒。雖然常受頭痛與肚子痛折磨。

那麼，與愛川素直擁有相同容貌的Second到底是誰呢？

開始思考就讓我感到心胸苦澀，於是我替自己的思緒蓋上蓋子。

「哇啊，好想再多聽一點小直學姊的知識庫呀。」

小律雙手交握，眼睛閃閃發亮。她這樣的舉止給我演戲的感覺，讓我不禁聳肩。休息時間差不多該結束了。

「考試不會考這個喔。」

「嘖～」

小律嘟起嘴巴。

「啊，真田學長，小直學姊腦袋很好喔。我建議你有不懂的可以問她。」

「是喔。」

「說什麼『是喔』，而且你完全在看課外讀物耶。吶，既然如此，那我也要。」

「喂喂喂。」

「嗚噫～」

小律想拿出隨時隨地帶著走的稿紙，我拍拍她的肩膀阻止她。

◇◇◇

從七月一日開始的期末考，中間穿插六日，在六天之後迎來最後一天。

總共有十一科，手感還算可以。

「考試考得怎樣？」

「有點悽慘耶。」

再怎麼樣，考試期間都禁止我們打開社辦。睽違一星期才見面的小律露出不帶感情的微笑。這是「別再多問了」的表情。

真田同學和平常一樣面無表情，臉上完全沒有對考試的感想。

「圖書室的書不能帶去遠足對吧？」

今天在教室裡，大家熱烈討論著下下星期即將舉辦的遠足。

不及格的學生有義務參加補習。因為補習最後一天撞上遠足，肯定有很多學生因而發憤念書才對。至於努力是否開花結果，則必須等到考卷發還回來才能知道。

「嗯，要是在旅途中汙損就糟糕了。」

已經看完《心》的真田同學正在看其他書。是收錄包含《舞姬》在內的森鷗外幾篇短篇的文庫本。

這也是出現在課本上的作品，有同學痛罵：「不覺得森鷗外很混帳嗎？」似乎讓他留下了深刻的印象。在《舞姬》中登場的主角被視為森鷗外本人，為他懷孕的愛麗絲聽說也是以實際人物為模特兒。

儘管還沒聽他說《心》的感想，看他完全迷上閱讀，真是太好了。

「遠足那天的解散時間也很早對吧？」

「那應該可以回家之後再看吧。」

不管期末考期間還是今天早上，真田同學一到休息時間就彷彿忘記考試，頻繁地拿書出來看。

他的身邊空無一人。我記得以前他身邊總會聚集幾個籃球隊的朋友，但是五月之後就不曾再見過那個畫面。

五月和真田同學右腳受傷後退出的時期重疊。

「話說回來真田學長完全沒在念書，應該沒辦法去遠足吧？」

遭到學妹懷疑會考不及格的真田同學聳聳肩。

「只要有上課就不會不及格。」

「真是一點也不可愛耶～」

小律咯咯笑著穿過長桌旁邊跑到電風扇前。她的短髮因強風而膨脹起來。

「哈啊啊，我活過來了喔喔喔喔。」

同時帶著回聲的聲音。

我們是外星人。小學時，我和素直會彼此交互在客廳的電風扇前如此喊著。我們曾經一起做出這種無聊的事情之後捧腹大笑。

「一年級的遠足是五月對吧？」

我隨口說出這句話之後才想到，提及五月的話題是否不太好，但是真田同學的表情沒什麼變化。

「對。我們去川根搭乘ＳＬ蒸氣列車。」

「大井川鐵道啊？」

遠足地點依老師們的考量決定，我們一年級時的遠足地點是掛川花鳥園和掛川城。

雖說如此，我沒參加去年的遠足。因為是素直去參加的。

二年級的遠足在暑假兩天前舉辦。這被當作冬季校外教學的預演，意識著要和誰一組而行動的學生很多。

我肯定也沒辦法參加校外教學。

「ＳＬ有種遠離現實的感覺，跟搭乘遊樂器材很像呢～」

在我從思考的大海回到現實時，清楚聽見小律的聲音。只是稍微遠離電風扇，就讓她外星人的一面消失無蹤。

「ＳＬ的乘客啊，一看到路過行人就會揮手對吧？」

「是啊。」

真田同學點點頭。

「我一直在想那是為什麼。跟遊樂園一樣神祕的興致。不過我也有揮手就是了。」

搭乘一般鐵路或新幹線時，不會對不認識的人揮手。

SL和遊樂園不同於日常，大家肯定都得意忘形、情緒興奮，見到的每一個人看起來都像是親近的鄰人。

「大概是分享幸福吧。」

我試著想像。

——假如我能跟素直一樣去迪士尼樂園。

「如果互相分享快樂，或許大家都能展露笑容。」

事實上，每個人都知道這世界並沒有那麼和善。也有人看見他人幸福的笑容時會感到嫉妒，單方面憎恨對方。

看著吐煙吹響汽笛奔馳的SL，如果不會失去自然而然想要揮手的心情，紛爭肯定可以從這世界上消失。

而我又如何呢？

如果搭乘巨雷山（註：東京迪士尼樂園的遊樂設施）的素直，朝等得厭倦的我揮手，我會如何呢？

我有辦法好好揮手回應嗎？

「學長姊要去哪裡啊？」

在我發呆時，話題似乎已經轉移了。

我慌慌張張地從書包裡拿出資料夾，裡面夾著老師發的遠足相關事項。素直似乎幾乎沒有翻閱，每一頁都沒有摺痕。

「濱松花公園跟旁邊的濱松市動物園，還有要去搭遊覽船。」

當天早上八點到學校集合，搭乘遊覽車出發，先走東名高速公路前往位於濱名湖畔的花公園。

「聽說三月下旬起，剛好是櫻花和鬱金香的賞花時期。」

印在資料下半部、滿臉笑容的蜜蜂頭上冒出對話框，替我們介紹這個設施。

「現在已經七月了耶。」

「說六月時也舉辦了花卉藝術節耶。」

「現在已經七月了耶。」

真田同學小聲說：「我感覺越來越不安了。」

「應該有什麼花開著，要不然就會關園了吧。」

「說得也是。然後吃完便當之後就移動到隔壁的濱松市動物園。聽說有金獅面狨喔。」

「金色的獅子？感覺好帥。」

「不是獅子，是金狨。」

「金狨是猿猴對吧？」

「沒錯、沒錯。是毛長得跟鬆毛很像的猿猴。」

「光想像就覺得很有趣耶。」

小律雙手手肘撐在桌面上，發出「唔呵呵」的聲音笑著。

「最後去搭濱名湖遊覽船。」

似乎是繞館山寺溫泉區的路線。機會難得也想要去泡溫泉，可是遊覽車的回程時間早已決定。女同學嘟嘴抱怨著「要是可以原地解散就可以去了耶」，導師卻只是隨意打太極。

「小直學姊，妳要小心別太興奮，從船上掉下水嘍。」

「再怎樣也不會掉下水啦。妳以為我幾歲了。」

「可是聽說濱名湖可以捕撈到牡蠣耶。」

我睜大眼睛。

「咦？真的嗎？牡蠣？」

「叫做流放牡蠣喔～聽說比養殖牡蠣還有營養呢。」

素直小四時，雙親曾經要帶她去吃海鮮ＢＢＱ，但是素直前一天熬夜想睡覺，所以拜託我代替她去。

搭上從車站出發的接駁車，我們前往ＢＢＱ會場。

現在回想起來不自己開車，是因為大人們打算要喝啤酒。而我坐在陌生氣味的陌生車子中，感覺要被帶往哪個不知名的世界，獨自一人雀躍不已。

在可以一覽燒津港的戶外會場，已經擺好好幾套燒烤組。在一群朋友或是一家大小熱鬧的歡笑聲中，我們和小律一家人會合，吃了海鮮配料豐富的炒麵。

雖然扇貝和蝦子都很好吃，其中我最喜歡的是牡蠣。

牡蠣擁有海中牛奶的別稱，母親說牡蠣的形狀很噁心，我和父親一起把牡蠣吞下肚，有種從鼻尖到口中都被包裹在海中的感覺。

從那時開始，希望有天可以靠自己的力量撈捕牡蠣變成我小小的夢想。

「可以借到道具嗎？」

看見我興奮期待的樣子，小律的眼睛在鏡片後睜大。

「小直學姊，妳該不會想潛下去撈牡蠣吧？」

「這是當然。我是認真的，別阻止我喔。」

「誰會阻止妳啦。就讓我對妳的覺悟致上敬意吧。」

小律感慨甚深地看著捲起短袖衣袖的我，然後朝我敬禮。

「順帶一提，冬天才有辦法補到喔。」

「現在是冬天對吧？」

「還挺夏天的耶。」

「噗呼。」

耳邊傳來奇怪的聲音。

我和小律一起轉過頭看去，只見真田同學低著頭不停晃動身體。

他單手摀著嘴巴。難不成他在笑？

「妳們兩個從剛剛開始就好好笑。」

真田同學抬起頭來，喉嚨深處發出笑聲。小律緊緊握住我的手，用嬌羞的聲音呼喊我的名字。

「小直學姊～他說我們好好笑耶。」

「是、是這樣嗎？」

「讓我們一起以世界為目標吧。」

這樣或許不錯呢。

「要取什麼團名？」

「牡蠣和襯衫和律子。」

「我上哪裡去了？」

真田同學接著「噗哈」爆笑出聲。令人意外的，他的笑點或許很低。

就在他停止笑聲時，看著遠足注意事項的小律開口說：

「這樣說起來，不去濱名湖Pal Pal啊？還滿近的耶。」

「啊——」

真田同學看向遠方。他的眼睛深處大概看見小真田玩雲霄飛車玩瘋的畫面吧。

我這樣想著，但是總覺得他不是這樣想。

「我沒有去過耶。」

素直應該也沒去過。素直和小律在兒童聚會中去的地方是山梨縣的富士急樂園。

「那邊的園內吉祥物，是那位有名的柳瀨嵩先生設計的喲。」

「麵包超人的作者？」

「對對對。那麼我們下次一起去吧。」

我慢了一步才反應過來。

「可是那裡比較適合小朋友去玩啦。」

小律快口補上一句。我感到很抱歉，同時驅動我差點打結的舌頭。

我不希望小律出現「要是沒說那句話就好了」的想法。

「不錯耶。我們一起去吧。」

小律笑彎眼角，頻頻點頭說著：「一起去、一起去。」

大概是因為久違沒聚，這天的社團活動變成閒聊時光。就像這樣，文藝社的活動總是非常輕鬆。

就在時間將近下午六點時，我們三人一起去教職員辦公室還鑰匙。小律自告奮勇要進去歸還，所以我們在辦公室外面等她，而我和真田同學有了這樣的對話：

「好期待遠足喔。」

「我可以跟妳說話嗎？」

「如果我綁公主頭。」

「ＯＫ。」

在考試期間和今天，我的髮型一直都是公主頭。媽媽原本打算丟掉的可愛水藍色髮圈束，妝點在我的後腦勺上。

沒錯。

我並沒有自覺。儘管我只是個偶爾被課以代替素直生活任務的複製品。

此時的我，竟然從「愛川素直與Second被視為不同的存在」這件事中發現喜悅。

◇◇◇

或許是懲罰吧。

下一次被素直喚醒時，我如此想。

暑假前最後一個上課日，這是我接下來再次醒來的日子。

遠足在昨天結束了。梅雨季結束後氣溫上升到將近三十度，遠足中好像有好幾個學生身體不適。

今天素直嚴重生理痛而把我叫出來，我所共享的素直記憶就像解讀平淡、羅列事實的小說一樣，所以並不能清楚感受她自身的痛苦與感情。

儘管如此我也知道那是難以忍受的痛苦。今天是只為了品味長期休假前的雀躍情緒而存在的日子，素直卻痛苦到不惜把這天丟給複製品應付。

我低頭看著被窩中蒼白的素直，「噗嘰」一聲扣上制服前面的釦子。

「遠足好玩嗎？」

「什麼？」

比起真田同學的「什麼？」，我覺得素直的「什麼？」更恐怖。

我或許會在下一個瞬間被她消滅。儘管擔心，我無法不問出口。

至少希望她玩得開心。

希望她盡情玩耍、盡情歡笑，度過一段名副其實青春歲月的時光。

如果是這樣就太好了。如果這樣，就太好了。

明明知道我這份自私的期待和素直毫無關係。

「沒什麼大不了的。再說熱死人了。」

那麼，妳也可以讓我去啊。

我產生責難素直的情緒。

「幹嘛？」

「沒什麼。」

我的肩膀逐漸下垂。

「我原本很想去。」

連在水面泛起漣漪也做不到的輕聲細語流瀉，素直似乎沒有聽到。

一到學校，教室裡四處可以聽見熱烈討論昨天遠足的聲音，讓我坐立難安。

談論智慧型手機共享的照片，談論靠近遊覽船的海鷗，談論哪個得意忘形的同班同學下車上洗手間時差點沒坐上車，談論回程遊覽車上看的噁心電影。

真好。好羨慕喔。

因為我不能去啊。

當我嘆氣時，他的身影映入眼簾。

他沒和任何人聊天，認真看著手邊的文庫本。

我在看書時會不知不覺駝背，他的姿勢卻很漂亮，彷彿背上夾著木板。

我現在在教室時，仍然幾乎不曾與真田同學說話。從向他道歉電風扇那件事以來，也不曾一起去社辦。

我嚥下喉嚨湧上的唾液，轉而面向教室右方，努力說服自己別在意後方聚集在自己身上的視線。

「早安。」

在秒針前進兩步之後，真田同學抬起頭來看我。

他的表情沒有驚訝。看起來他用粗實的拇指當書籤夾在書頁間。和夏目漱石相比，森鷗外似乎比較難閱讀，頁面前進的速度偏慢。

「早。」

「遠足玩得很開心呢。」

開口說出口是心非的話需要很多能量。

我明明知道他要是「嗯」的一聲點頭回應我，會讓我更加受傷。我也覺得起頭的自己很愚蠢。

「我還好而已。」

或者我正在期待嗎？期待他會這樣回應我。

「因為沒辦法說話。」

「和誰說話？」

「和綁公主頭的某人。」

真田同學的眼睛看著我。

因為感受到那股氣息，我一時之間無法抬起頭。

心臟「怦通怦通」鼓動。不會很快，但是跳動的聲響異於平常。

和真田同學說話時，我的心臟偶爾會變得奇怪。

「妳今天綁公主頭呢。」

「嗯。」

「那麼我們兩人一起去？」

我抬起頭。

發現時，真田同學已經闔上書本了。

「遠足。」

如果話語有光，我在此時或許正在看著星星。

「要去！」

沒有思考任何細節，我點了點頭。

短暫班會時間後，同班同學們吵吵鬧鬧地陸陸續續走出教室，我和真田同學則穿過人潮各自前往洗手間。

因為不點名，應該不會有人找我們。正如我們所料，等到談話聲與腳步聲平息後，我們兩人回教室拿東西。

「妳東西真少。」

「彼此彼此吧。」

沒有便當也沒有課本，裡面頂多只有錢包、智慧型手機和化妝包。真田同學的大背包今天看起來也很乾扁。

又等了一會兒。三分鐘、五分鐘。在第一堂課鐘聲響起的同時，我們偷偷從後門看著空無一人的走廊。

校內安靜得教人驚訝。學生和老師都往體育館集合了，因此這也是當然的。

這個瞬間，我已經興奮到想要大喊「天啊」了。我甚至覺得經由陽光照射下，塵埃粒子閃閃發亮地在走廊上飛舞的景象都好美，好想要從這頭跑到另一頭。

翹課這種事，裝病請假這種事，還是我有生以來頭一遭。原本的我此刻應該要代替素直坐在堅硬的地板上。

我一直裝成素直欺瞞周遭的人，然而今天的我並非如此。

我現在是我自己。

「我們去哪裡玩吧。」

我背上就像長出翅膀，可以飛到任何地方去。

在換鞋子時不經意的一句話，讓我這份心情煙消雲散。

又不是在附近公園玩泥土的小孩子，到街上去玩當然得花錢。我完全忽略了。

抱著罪人懺悔的心情，我向真田同學坦白：

「我沒有可以玩樂的錢。」

素直的錢包裡隨時都有三千圓，可是那是素直的錢，我沒得到許可不能用。

「我替妳出錢。」

「不可以這樣。」

媽媽反覆交代「絕對不可以欠錢或借錢」，講到我耳朵都要長繭了。更別說讓他請客了，這點萬萬不能。

我焦急到最後，腦袋閃過一道光。話說回來，我有五十圓硬幣的存款啊。現在正是時機解放只存不用的存款吧。

「你等等我，我回家拿錢。」

真田同學從燒津站搭電車和公車來上學，所以如果要回家一趟，我得自己回家。

「現在回家？妳家在哪裡？」

「用宗車站附近。只要我全力騎車，一小時就能回來。」

其實不管騎多快，單程都要三十五分鐘，所以正確得花一小時又十分鐘。考慮到我得瞞著素直回收存款，會更花時間。

但是我如此斷言。就算現在有種輕飄飄作夢的感覺，隨著時間過去，真田同學或許會改變主意。我對此感到恐懼。

從SL的車窗朝外面揮手，每個人都會笑著揮手回應。儘管如此不可能永遠揮下去。作夢般的數秒過去後，就會放下手回到日常。

真田同學或許也會回到日常。

「那麼我也和妳一起去。只要借用朋友的自行車就好了。」

我一時之間無法理解他在說什麼。

「他的車鑰匙都插在車子上。」

「咦？啊，你有朋友啊。」

當我回過神時，我的話早已說出口了。

我的臉頰抽搐，真田同學嚇了一跳之後揚起單側嘴角，他看起來感覺很愉快。

「雖然少，基本上還是有。」

「但是，那個，你的腳沒問題嗎？」

踩自行車時可能會造成他的負擔。

「沒～事。」

他簡短說完，朝隔壁班的自行車停車格走去。

我看著他的背影也走往自己的自行車。塗上天藍色的車體。現在要回家太早，我撫摸感到疑惑的坐墊。

拉出自行車，和我對上眼的真田同學有點不高興。他感覺不太舒適地跨坐在朋友的自行車上面。身材高大的真田同學一坐上去，椅墊上開了小洞的坐墊看起來變得好小。

「他改造成誇張的鬼龍耶。」

「鬼龍？」

我頭一次聽到這個單詞。

「鬼龍頭。把龍頭的位置調過。」

聽他一說，我才發現真田同學騎的自行車龍頭很高。和我的以及其他自行車的位置完全不同。

「這要怎麼弄啊？」

「用六角板手弄。」

就算聽到道具名稱，也沒辦法想像實際上究竟是怎麼樣改變龍頭位置。

因為真田同學看起來不太高興，我想著得說些什麼才行。

「不過看起來很好騎喔。因為你上半身很高。」

「別嘲笑我。」

真田同學用左腳踩地靠近我，輕輕戳我的額頭。

儘管不會痛，我嚇了一跳。我從來沒有和男生如此靠近的經驗。

如果是素直，應該不會感到驚訝吧。但是我不希望他對素直這樣做。

「不、不是啦，我不是在說你腳短。」

真田同學的腳更長。不只腳長，上半身也比別人還要高，所以感覺鬼龍頭這種特別的龍頭他抓起來很順手。

「而且我小學時覺得上半身高的人很厲害。」

我拚命辯駁，真田同學從龍頭間看著我。

「妳也很高嗎？」

「嗯，算是吧。」

「我比小律還高喔，很厲害對吧？」——素直如此自豪的往事真令人懷念。這種事情明明不值得自豪啊。

真田同學發出一句「哦～」應和著，仔細地上下打量我。

「現在也是？」

「別說了，快走啦！」

他咧嘴笑著看打斷話題的我。大概對我說出丟臉的往事感到滿意，真田同學的心情好像變好了。

「小心駕駛喔。」

「嗯。」

由我領頭，我們兩人在悶熱的炎炎烈日下前進。

大多都在夕陽中馳騁而過的這條路，光是在日照強烈的上午通過就給我特別的感覺。要是有強風吹過來，感覺空蕩蕩的書包就要毫無依靠地飛上天。

我用力握緊龍頭，心臟附近不輸給柏油路般強烈地燃燒。

我把六段變速的變速器調到最重，感覺現在可以無極限地踩下去。

「我第一次翹課耶。」

聽見我的自白，真田同學笑彎嘴角。

「我也是。」

他的臉部肌肉比平常更活潑，或許他也因為只有兩人的遠足而感到興奮吧。

遭受燦爛閃耀光輝的太陽欺負，我們聊了很多話。

「要去哪裡呢？」

哪裡都行。我打從心底認為哪裡都好，不管哪裡都很開心。

但是，哪裡都好、什麼都行，是會被解釋成與「隨便都無所謂」同義的話，爸爸常常因為這樣引起媽媽反感。「明天晚餐要吃什麼？」「都好。」然後全盤完蛋。

可是我不知道高中生平常會去哪裡玩。素直偶爾會和朋友出去玩，不過都會去電影院、卡拉ＯＫ、保齡球場或連鎖餐廳等地方。

肯定每項都很有趣。

可是我看過遠足的須知事項之後，一直想去某個地方。

「動物園……啊。」

我說完之後，才發現這個提議有多愚蠢而感到丟臉。對真田同學來說，他昨天才剛去過動物園。

「不是啦，呃……」

「可以喔。」

聲音毫無抵抗地竄進耳中。一開始，這比爸爸低沉的聲音還讓我害怕。

「很好啊，動物園。」

現在則完全不害怕。

越過靜岡大橋後，真田同學對我說：「那麼我去用宗車站等妳。」大概是覺得別知道我家在哪裡比較好的貼心。

我覺得被真田同學知道我家在哪裡也沒關係，但是我不知道素直是否有同樣的想法，所以靜靜點頭。

只剩下一人的我，把自行車停在從家裡窗戶看不見的位置。

當我走進陰影處時，大量汗水使得制服緊緊黏在身上。

我的腳步虛軟。汗水從額際、腋下、後背，以及胸口滑過的感覺。

只有今天，我毫不手軟地全身噴滿平常節省使用的止汗噴霧劑。玫瑰香氣彷彿化為粉色煙霧飄散。

重新綁好頭髮、嚥了嚥口水的我，謹慎地打開大門門鎖。

即使打開一小縫探頭進去偷看家裡，也沒有人的氣息。門前只擺著素直雨天穿的雨鞋。

素直身體不舒服時大多都會悶在房裡，只有上洗手間和吃飯時會離開房間。她會在十二點左右早午餐一起吃，現在才九點十五分，她肯定正在睡回籠覺。

或許我應該避免繞遠路，可是還是先繞去廚房補充水分。把冒出水珠的杯子反過來潤喉，光聽到冰塊搖晃的聲音，就讓我感覺從身體中心慢慢冷卻下來。

接下來才是重頭戲。我走出廚房，然後以四足跪姿爬上樓梯。這個姿勢最能壓低腳步聲。儘管很花時間，卻是最確實的方法。

對於「我在家裡幹嘛啦」感到害臊的同時，「這裡不是我家」這個事實慢慢浮現在我的面前。

總覺得我跟小偷一樣。

這不是現在該思考的事情。即使如此告訴自己，手腳仍不停發顫。

發現奇怪的觸感而看過去，我的右手沾到蜘蛛網了。使力甩開蜘蛛網，我繼續往前進。

我立刻在走廊的櫃子中找到目標物品。迪士尼的罐子和雙層的超市購物袋。當我拿起來時，心臟瘋狂跳動讓我幾乎以為要爆炸了，不過素直到最後都沒有打開房門。

把重量超乎我想像的罐子和袋子塞進帶回來的書包中，抱著書包走下樓梯。與其說小偷，實際更像忍者。我如此說服自己，努力趕跑會讓肌肉緊縮起來的冰冷感覺。

直到我走出大門為止，我嚇得簡直要魂飛魄散了。

重新振奮精神騎腳踏車往用宗車站前進，只見真田同學站在狹長自行車停車場的入口滑智慧型手機。

他背靠在櫻花樹上，多虧有繁茂的枝葉創造出樹蔭。我原本打算說出「抱歉，讓你久等了」來道歉，發現我的真田同學露出驚訝的表情。

他的視線落在我的自行車前籃上。

「看起來超重耶。」

「嗯，很重。」

我老實承認。因為真的很重。

我勉強把拉鍊拉上，然而書包和十分鐘前相反，變得相當飽滿。

我打開書包讓他看，真田同學看見裡面全部都是五十圓硬幣又更加驚訝了。

我原本已經作好抱著草包米袋般的書包前往任何地方的覺悟，可是他的手指指著車站的反方向。

「那邊有家信用金庫，我們先過去一趟吧。」

我不知道為什麼要去一趟銀行，不過我還是點點頭。

「先暫時存進去可以嗎？」

每當我總之都先點頭之後，不知為何真田同學反倒露出不安的表情。

當我在停車場把自行車的腳架立起來時，真田同學使力拿起我的東西。

「我自己拿得動，沒有關係。」

「別在意。不過還真虧妳拿到這裡來耶。」

真田同學佩服地說完之後先走進銀行，我則慌慌張張地追上去。

我第一次踏進銀行，裡面冷氣很強。得以從全身冒汗中解脫的前三秒宛如置身天堂，可是從第四秒起像被丟進冷凍庫中。

走進銀行立刻可以看到三臺並排在一起的自動提款機。真田同學看都不看自動提款機一眼，朝併設的窗口走去。大概是因為來者是高中生，櫃檯小姐彷彿看見罕見人物。冷氣果然太冷，她的制服外面還披上一件質地較薄的開襟衫。

「麻煩全額存款。」

全額存款。真田同學接過存款單後迅速填寫，接著和藍色的存簿一起遞出去。原來有高中生會隨身攜帶存簿啊——我在奇怪的地方感到欽佩。

這世界上哪裡都找不到「愛川Second」名義的存簿。

「那麼，請把硬幣交給我。」

真田同學看著我，大概是要我把放在櫃檯上的書包打開。

打開書包的我此時發現重要的事情。再怎麼說都不能把生銹的迪士尼罐子整個給她吧。

我原本想把罐子裡的硬幣倒進超市購物袋裡，不過她似乎看穿我的意圖般對我說「直接給我就好」。我紅著一張臉把罐子和塑膠袋交給她，櫃檯小姐臉色不改地全部拿到後面去。

接著突然從後面傳來「匡啷匡啷」的巨大聲響，我不禁睜大眼睛。

該怎麼說呢？硬幣一口氣全部流動的聲音，與之同時還有機器不停歇動作的聲音。

「現代版洗豆老人？」

真田同學似乎聽到我的低語，他感到有趣地笑了笑。

櫃檯小姐回來時，手上只拿著空罐。

「請問罐子要怎麼處理呢？」

素直大概不記得這個罐子了。

「呃，我要帶回去。」

但是我不能隨意丟棄素直的東西，回到家後再放回櫃子裡吧。

塑膠袋則請她幫我丟掉。我和真田同學互相對看。

「已經全部存在我的帳戶中了，立刻領出來吧。」

見我嚇了一跳，真田同學尷尬地搔搔臉頰。

「對不起，如果要換鈔需要手續費，所以我才想這樣應該比較好。」

我終於理解「全額存款」和那個聲音的意思了。真田同學先把錢存進他的戶頭裡，然後領取鈔票出來給我。

「別道歉，謝謝你。」

因為硬幣很重，真田同學體貼我才這麼做。
我們立刻走向自動提款機。真田同學打開存簿，被自動提款機吸進去。
從結論說起。
十九萬八千七百五十圓。這是我從小學一年級存到高中二年級的存款總額。
對學生來說毋庸置疑是一大筆錢。我把真田同學交給我的全部財產收進書包內的口袋中，拉上一半拉鍊。
數十張鈔票以及硬幣，這些太過輕盈如同羽毛般，讓我稍微不安起來，應該沒有被行員偷拿錢吧。
「妳放心，不會被偷拿錢。」
繼洗豆老人之後，接下來出現讀心妖怪？
「如果我是銀行行員，才不會偷萬年缺錢的學生的錢。」
剛剛幫我們存錢的櫃檯小姐，一臉有話想說地看著我們。
「我、我們走吧。」
我慌慌張張地催促，真田同學邊笑邊跟著我走。
「然後啊，日本平動物園。」
「咦？」

「從東靜岡車站有直達日本平動物園的公車。」

日本平動物園——我在嘴裡復頌。

那是素直幼兒園時全家人一起去的地方。是和小型遊樂園結合在一起的動物園，前幾年大規模翻新之後人氣增長。

東靜岡站在靜岡站隔壁，從用宗站搭電車大約十分鐘。

「可以去那邊嗎？」

他剛剛在樹蔭下大概在看前往動物園的交通方法吧。

真田同學試著實現我想要去動物園的夢想。光是這樣就讓我感覺一陣黃色旋風吹過我的胸口。

「可以，完全沒問題。」

完全沒問題。澈底超棒。

我在閘口前的售票機購買來回車票，真田同學拿電子票卡進站。我們在月臺的自動販賣機各自買了五百毫升的寶特瓶飲料。

我買爽健美茶，真田同學買麥茶。

連自動販賣機的簡短嗶嗶聲都令我感到愛憐。

東海道本線。車身上有灰、橘線條的電車滑進悶熱的月臺來。

越過月臺間隙的單腳，彷彿可以飛去任何地方。

冷氣微涼的車內讓我感覺重獲新生。車上空蕩蕩的，同一個車廂中只有彎腰駝背的老婆婆、正在看報紙的老爺爺，以及在打瞌睡的大學生年紀的男性。套上無敵薄紗的我們在空位上並坐下來。

我們沒有約定好，卻同時打開寶特瓶的蓋子。很有男子氣概發出「咕嚕咕嚕」聲響上下滑動喉結的真田同學，似乎喝了一半的量。

他潤喉之後再次滑起智慧型手機來。

「假如電車準時抵達，五分鐘後就有公車。可以順利搭上就好了。」

「你好厲害。好老練的感覺。」

真田同學頓時停止動作。

我可能又說錯話了。該怎麼重新說明才能表達呢？

「我不是那個意思，只是單純覺得你很厲害。」

我對於自己語彙貧乏感到可恨，完全沒有文藝社社長的樣。

電車發出「喀噹、叩噹」的聲音搖晃著，旁邊是長長的車窗。景色流動的速度明明比我騎自行車時更加快速，每間房子的形狀以及店家的看板卻理所當然地映入眼簾。

悠閒沿著鐵路前進的嬰兒車遮陽罩往前拉下，我看不見小嬰兒的臉。

「這是我第一次和女生單獨出門。」

我的視線從車窗拉回來看身邊。

手抓扶手的他眼睛看著遠方，黑髮中若隱若現的耳朵好紅。

我好想伸手戳戳他朝向我這邊的汗溼後頸。

真田同學今天身上也有香皂香氣。要是靠近他，肯定是汗水味更重。

「我也是第一次和男生出門。」

感覺甚至連就像回應的輕聲呢喃都彷彿染上了色彩。

翹課，知道什麼是鬼龍，走進銀行，買到東靜岡車站的車票，這些全部都是第一次。

我好害羞，沒辦法好好說話。其實我很想要討論《心》，但是根本沒有心思做這件事。

電車的速度慢慢減緩下來，流動的景色變成慢動作，一轉眼就抵達我們要去的車站。

走下南口的樓梯立刻就看見小熊符號的公車站。它彷彿在向我招手，使我的心情雀躍。

「公車從那頭過來了。」

真田同學輕輕用手指著說。

車體上畫著許多動物符號的綠色巴士，颯爽地朝我們這裡而來。我不得不努力忍下想要朝司機揮手的衝動。

除了我們以外，公車只有另一組母子乘客。平日上午大抵就是這樣吧。

到了發車時間，我們在廣播聲中出發，公車在陌生的景色中前行。

坐在雙人座位上，身材高大的真田同學的膝蓋立刻就撞上我的膝蓋。

我裝作沒有發現，然後看著窗外。

「好多沒看過的店家喔。」

「妳該不會不知道麥當勞吧？」

「你在嘲笑我吧～」

我戳了一下在他瀏海後方做好準備的額頭，真田同學忍不住笑了。

我用左手包住自己微微發麻的食指，裝出若無其事的表情。看來他似乎是相當罕見的石頭腦袋之人。

公車一停下來，三歲左右的小男孩搶著第一個跳下車，年輕媽媽在後面追趕著他讓人心驚膽跳的腳步。

我們隔了一段距離，走在朝售票口走去的母子後面。

「真田同學，你來過這裡嗎？」

稍微沉默了一會兒。

「說有也算有。」

好奇怪的回答。

是以前曾經和女生一起來玩，然後想要隱瞞這點嗎？

儘管這麼想，他剛剛才說過他不曾和女生單獨出門。我不認為他那句話在說謊。

「妳呢？」

「嗯～不算有吧。」

正確是素直來過，而我一次也沒來過。

母子離開之後的售票口相當閒散。

一般門票（高中生以上）是六百二十圓，真田同學豎起兩根手指對售票員說話，即使我們身穿制服他們也不在意，大概是因為周邊學校也迎接暑假了吧。我們高中今天也只有結業式和發成績單，上午就放學了。

「兩張一般門票。」

真田同學低頭看著撈書包內袋的我：

「我來付。」

「別擔心！我有十九萬七千八百五十圓！」

即使花了來回電車車費四百圓，飲料一百五十圓，公車車票三百五十圓，現在的我也不太有東西買不起。就連電風扇也可以要買幾臺有幾臺。

「這種事情別說太大聲。」

「我知道了。我不會說了。」

我們彼此把紙鈔和硬幣放在藍色托盤上。

取而代之接下兩人份的門票，上面印著不同動物的照片，分別是小熊貓和白貓頭鷹。

「妳要哪一個？」

「小熊貓！」

之後把這張門票拿來當作書籤使用吧。如此一來每當只要看書，我就能鮮明回想起今天的事情。

售票口的姊姊微笑著說「祝你們玩得開心」，目送我們離開。從她微笑的溫度來看，她或許誤會我們是情侶了。由於她沒有開口詢問，我也無法否定。

我自然地抬頭看隔壁，真田同學一臉平淡，這讓我有點不甘心。

走進大門後，園內工作人員的大姊姊不知從哪裡出現在我們面前。

「你們好～」

「妳好。」我們也回應她。我今天見到各種笑容的大姊姊。

「歡迎光臨日本平動物園。要不要拍個紀念照呢？」

「紀念照？」

我一回問，大姊姊便以專業的職業笑容笑彎眼回應：

「戴上動物的頭套，在看板面前拍紀念照。洗出來的照片，小張的免費，一般尺寸的則是付費販售中。」

我看向真田同學，他露出很不願意的表情。我在百般煩惱之後回答：

「務必拜託！」

在我們把書包和後背包放到置物櫃時，真田同學仍舊一臉不情願。大概是因為我很興奮，他一句不要也沒說出口。

而我利用他的溫柔，專注挑選動物頭套。

「怎麼辦，該選哪一個好。」

看著頭朝左朝右轉來轉去的我，真田同學毫不猶豫地斷言：

「那個比較適合妳。」

一槌定音。

我決定戴小熊貓的頭套，真田同學則戴北極熊的頭套。

把頭整個套進頭套中。大概從事這份工作很久了，有點縮水感的小熊貓的毛連耳朵也全都包住。

真田同學也放棄掙扎地戴上北極熊頭套。見他戴上，我忍不住開口捉弄他：

「很可愛喔～」

「妳很煩。」

臭臉上方是與凶猛沾不上邊，有著圓潤黑眼的北極熊。我與之對上眼，不禁「哈哈哈」揚聲大笑。

拍照用的背板上畫著北極熊、小熊貓、環尾狐猴等可愛的動物插畫。看來日本平動物園主打的動物是北極熊和小熊貓。

我和真田同學背對背板站著，手拿粗曠黑色相機的大姊姊笑著朝我們揮手。和問話的大姊姊不同人，她是另一位褐髮大姊姊。

「來，請給我笑容～女同學的笑容很棒喔！啊，男同學，可以再笑開心一點嗎～？」

「啊，好。」

真田同學不自在地回應。即使不轉頭看他也能想像他帶著什麼表情，我不禁呵呵呵地咧嘴而笑。

「你們兩位，請再更靠近一點喔～」

我無法繼續從容地笑了。我和真田同學不自在地縮短距離，大姊姊還繼續說：「再近點、再近點～」

啊啊。早知道我再多噴一點止汗噴霧劑就好了。

「一加一等於——？」

「小、熊貓——！」

伴隨著說出工作人員事前告訴我們的臺詞，雙手在臉頰旁擺出手勢。聽說這是動物威嚇的姿勢。

我原本以為真田同學絕對不願意做出如此丟臉的姿勢，可是和我的預料完全相反，他確實擺出姿勢。喊「小熊貓！」的聲音也比我還大，或許他早早發現重來一次更丟臉，所以看開了。

我們看了看免費的小照片。那不單純只是照片，還如新聞報導般搭配大大的「發現珍奇異獸！」的標題。照片上的我和真田同學成為新種生物，上面還寫著詳細的說明。

儘管有趣卻是黑白照，所以看不清楚真田同學的臉色。這樣一來絕對需要彩色照片。

「附贈襯紙的照片一張一千圓，要不要買下呢？」

「我要買！」

今天的我是有錢人，有想要的東西不須猶豫，可以舉手說想要。

看見洗出來的照片，上面有正如預料紅著一張臉繃緊表情的真田同學，以及出乎預料之外滿臉通紅咧嘴笑著的我。哇啊啊！

我不自在地收下放進襯紙中的照片，真田同學嘴巴半張地看著我。

得到這令人無比害羞的東西確實很好，可是家裡沒地方可以擺。如此一來——

「擺在社辦裡吧。」

「這個……不太好吧。」真田同學露出喉嚨被魚刺梗到的表情說。

「你不願意？」

「也不是不願意，不過好像不太好。」他再次歪著頭說。有趣得我不禁咯咯發笑。

一離開門口，首先看見一棟建築物。

一看招牌，建築物的名稱直接寫著「小熊貓館」。

似乎有戶外和室內的展示區。我邊想著「原來如此」邊移動視線，遠遠便發現到圓圓的物體。

「快看！是小熊貓！小熊貓本人耶！」

在有樹木和小涼亭的戶外展示區一角，有群小小的人潮。遊客視線的前方，可愛的生物正在粗壯的樹枝上面行走。

白色耳朵，宛如戴上面具般鑲上輪廓的臉，以及圓滾滾的黑眼。

體型總之就是圓滾滾的。條紋模樣的尾巴又長又粗。還有，牠的爪子好尖銳！

「唔哇啊啊啊。」

好可愛。真的好可愛。跟玩偶一樣。

一隻小熊貓瞥了一眼眼睛閃閃發亮、又吵又鬧的孩子們，若無其事地走進透明的水管中。牠腳步輕快，帶著碎步一步一步走。

前方似乎和室內展示區相連，人潮成群跟在後面走，大家眼中都冒出愛心符號，我原本也想要追上去，

「啊！這邊也有一隻！」

沒想到，小熊貓不只一隻。

大概不想曬太陽，有隻小熊貓躺在涼亭裡。牠閉著眼，四腳朝天露出肚子在睡覺。

「在睡覺的也好可愛～」

不管正在做什麼，小熊貓都好可愛。不管在睡覺、在吃東西，還是在便便……

「跟小孩一樣。」

身邊的真田同學小聲說。

「對吧。雖然很可愛，牠已經是大人了嗎？」

他不知為何看著我。為什麼？

「妳不拍照嗎？」

「嗯，沒關係。」

儘管我有智慧型手機，這不是我的，只是我跟素直借來的。

素直國中三年級春假時，父母買了智慧型手機給她。不管我怎麼拜託和央求，她都不願

讓我碰。

可是在我代替她生活時，發生了同班同學問我聯絡方式，讓我不知所措的狀況。自從那以來，雖然素直不情願，還是會把智慧型手機交給我。

對素直的食指起反應，顯示畫面的智慧型手機。

理所當然也會對我的食指起反應的智慧型手機。

「因為我會好好記在心上。」

「妳到底有多喜歡啊。」

說些無關緊要的閒聊好開心。

看見小熊貓在眼前翻滾，又更開心了。

「真想待在這裡一輩子。」

我已經不想離開小熊貓們身邊了。一刻也不想。

真田同學看著在門口拿的園內地圖。

「妳確定？旁邊有企鵝館喔。」

「咦？」

「也有北極熊。」

「北極熊！」

動物園真討厭，真是個誘惑太多的地方。

「那麼最後可以再來看一次小熊貓嗎？」

「可以啊。」

我抱著肝腸寸斷的心情痛下決心離開這裡。不要緊，小熊貓不會跑掉。

接下來我們逛了企鵝館，去看了爬蟲類和夜行性動物的展區。

園內比從外面看到的感覺更加寬敞，我偶爾還會回過頭確認有沒有漏掉的地方。此時真田同學都會很敏銳地發現，然後問我：「怎麼了嗎？」我回答「沒什麼」的聲音好幾次都帶著顫抖。

儘管真田同學不怎麼親切，卻好溫柔。

我們走了一會兒累了，決定到三角屋頂的休息區享受遲來的午休。

毫無例外這邊也很空蕩。我見過把兩張桌子並在一起笑鬧的孩子們，他們是在互動園區摸豚鼠的小孩。

我和真田同學摸了小雞。與其說是摸，倒不如說牠們成群跑到我們雙手上來。特別是真田同學非常受歡迎，小雞們爭先恐後一般朝他的大手前進，還踹開其他同伴們毫不客氣地往上爬。

工作人員的姊姊說著「這樣會讓小雞受傷」，便把雞群分散，最後只留下兩隻小雞在真田同學手上享受勝利的短暫時光。

「同學，請你要養小雞當作寵物喔～」

「我知道了。」

真田同學聽到工作人員的命令後，用極為認真的表情點點頭。

他輕輕地捧圓雙手，小雞們全身感受他的體溫安心沉眠，名副其實地睡翻了。

「好溫暖喔。」

真田同學的嘴角不停失守。我對於無法將這可愛的畫面留下照片感到遺憾，同時心中某處也對這只有我能看見的一幕感到開心。

我不曾躺在床上睡覺過。有點羨慕小雞們這件事也要對他保密。

「妳要吃什麼？」

「招牌是北極熊咖哩耶。還有水豚的紅酒燉牛肉。水豚泡在燉湯裡面的模樣，好像在泡溫泉喔。」

餐券販售機旁的牆壁上，有張貼著大字印刷的菜單。

拜託，救命啊！

「不行。這太可愛了，我吃不下去。我要點醬油拉麵。」

「那麼我要點北極熊咖哩。」

「我要點水豚！」

最終無法抗拒誘惑，我點了水豚的紅酒燉牛肉，真田同學點北極熊咖哩。

味道普普通通，但是外表超級無敵可愛。

上完洗手間之後，我四處張望尋找真田同學，發現他坐在長椅上。

「真田同學。」

彎曲的後背動了起來。儘管真田同學立刻端正姿勢，他伸長的手似乎正在摸右腳踝。

「你的腳會痛嗎？」

「沒事～」

他的音調平坦。平坦得幾乎不自然。

「對不起。我太得意忘形，讓你配合我了。」

我在旁邊坐下來對他道歉，真田同學便搔搔臉頰。

「是我想要陪妳的。」

就連這種時候，真田同學都不會生氣，而是感到有點傷腦筋。

我感覺胸口正中央泛出痛楚。感覺應該還有其他更該說的話。

「我可以問嗎？」

真田同學不發一語地轉過來看我。

「聽說學長對你做了很過分的事情，是真的嗎？」

他之所以靜靜地睜大雙眼，大概是我一直沒有開口問這件事吧。

「受傷的人不是我。」

這是什麼意思？

我沒辦法繼續深問，是因為我沒有進一步深究的勇氣。

大概誤會我沉默的原因了吧，真田同學說：

「我們還沒逛完吧？」

當我抬起頭時，真田同學一臉若無其事的表情，手上握著園內地圖。

紅鶴的展示區。紅毛猩猩館。我也還沒去看北極熊。

真田同學忍受著痛楚想要實現我的願望。

他為什麼會對我如此溫柔呢？

「已經夠了。我們差不多該回家了。」

「不再去看一次小熊貓？」

「你還記得啊。」

「妳那麼興奮，我怎麼可能忘掉。」

我想去看。

儘管想去看，我絕對不想要因為自己的任性而讓他承受痛苦。

「沒關係，我們回家吧。」

「妳不是說妳不想要離開小熊貓身邊嗎？」

我說了。

我確實說了沒錯，但是那並不正確。

因為實際上，我真正不想離開的是——

「下次再來就好了啊。」

真田同學停止說話。

大概被我說出口的話嚇到。還是說，他發現我沒骨氣地顫抖著聲音呢？

我才沒有想哭。我不會哭。

複製品沒收到命令才不會哭。

「好不好？我們再來吧。」

我露出笑容朝他伸出手。

我想我的笑容應該很僵硬。眼角滲出想要成為淚水的粒子，鼻子一吸氣就發出聲響，眉毛朝臉的中心用力擠上去。

「謝謝你帶我來。這是我生平第一次過得這麼開心。」

啊啊，就是這個。

胸口平靜下來了。我一直想要對他說這句話。

如果只有我，我不會想要翹課。因為我只是代替素直生活的存在而已。

但是真田同學帶著我來到如此遙遠的地方。

不只離家最近的車站，甚至越過靜岡站抵達東靜岡站，接著搭上公車來到動物園。

不只動物園，其實我哪裡都能去。

我想要對告訴我這件事情的人道謝。

他似乎理解了我的心情。真田同學稍微別開眼，手像是想要摸頭，接著在臉頰旁邊不知所措之後——

很故意地朝我咧嘴一笑：

「我才要謝謝妳。」

「什麼啦。」我破涕而笑說。

我第一次牽起真田同學的手，他的手比我想像得還要寬大。皮膚厚實，骨節明顯，然後好溫暖。

我的記憶不會傳達給素直真的太好了。

因為我不想把這溫暖的短暫時光，與我和他以外的任何人分享。

◇◇◇

我們沿著原來的道路返回。

再次承蒙直達公車與電車的關照，我們兩人一起回到離家最近的車站。

時間為下午五點。到了這個時間，暑氣也會稍微緩和點，風也感覺涼爽。

為了要把自行車還給朋友，真田同學說要先回學校一趟。他朋友好像在結業式結束後步行十五分鐘走回家，所以要真田同學把自行車送回他家。

就像這時才想起我們還握著手，我們同時放開手。

「那麼，我先走了。」

真田同學跨上自行車，抓著鬼龍頭的姿勢也有模有樣起來。

「嗯，路上小心。」

真田同學沒有說掰掰也沒有說再見，而是說「我走了」。我目送這樣的他離去。

我也拉出在陌生場所等得不耐煩的自行車步上歸途。只是經過銀行面前就讓我展露笑容，有什麼和昨天不同了。

我一直想要僅屬於自己的什麼。

十九萬八千七百五十圓現在重生為十九萬五千三百七十圓。如攀住救命繩索般蒐集起來的五十圓硬幣，絕對沒有白費。

我為了這天打掃浴室、摺衣服，以及拿吸塵器吸走廊。

有點不安自己是否確實踩在地面上。如此雀躍興奮，或許我會變成氣球飛上天。

不過那樣或許也不錯。

可是我還想再去動物園。

也想要去動物園以外的地方。

自行車就像在享受我的無憂無慮般，配合我步行的速度發出「匡啷匡啷」的聲響發笑。

我雀躍地打開大門，身穿睡衣的素直就站在玄關。

「素直？」

我從來沒說過「我回來了」，因為知道不會得到任何回應。

素直至今從未像這樣站在門前迎接我回來。但是一看到素直的臉，我也不認為她是為了要對我說「歡迎回來」才剛從房間裡出來。她看起來就像好幾個小時前就站在門前。

素直，妳這樣很危險。如果媽媽他們現在回來就大事不妙了。儘管我想要這樣說，卻沒辦法好好發出聲音。

果然無法說出「我回來了」。素直低頭看著穿學生皮鞋的我，她赤著腳。素直的食趾比姆趾還長，當然我也是。

「妳翹課了對吧？」

她為什麼會知道？

「小律打我們家裡的電話。」

我還沒提出疑問，素直就先說了。

因為沒在體育館看見我和真田同學，擔心我們是不是出事了吧。

很重要的學妹，素直的朋友。

「對不起。」

素直對著道歉的我咬緊下脣。

我無從判斷這到底是什麼樣的表情。我也不曾露出這樣的表情。

相同的臉孔，相同的身體，相同的聲音。

對Second來說的本尊——愛川素直。

「拜託妳住手。」

住手？

住手什麼？

「我拜託妳，讓我活我的人生。」

素直在說什麼？

「把我還給我，我拜託妳。」

「別說了！」

我打斷她的哀求。因為覺得不能讓她說到最後。

我的手腳發抖，顫抖的雙唇好不容易編織出話語：

「我沒有拿。我沒有拿走任何東西。」

我從來不曾從素直身上奪走任何東西。

早中晚三餐。下午三點的點心。從醫生交代要少吃油膩食物的父親手上搶過來的炸雞塊的滋味。在母親緊緊擁抱的懷中沉睡的時間。

因為我打從一開始就一無所有，我根本沒辦法從素直手中搶走任何東西。

和素直不同，我一無所有！

「我到底做錯什麼了？」

「光是存在就讓我厭煩。」

光是存在？

可是明明是素直喚醒我的啊。明明是素直利用我的啊！

素直卻用宛如看著擅自住進房裡的蟑螂的眼神看我。

「妳明明只是個複製品。」

這句話如同冰凍的鉛塊，重重壓在我的心臟上。

比撕裂我全身更痛的這句話，對素直來說僅僅不過是個事實吧。

明明只是個複製品。明明只是個複製品。明明只是個複製品。

我無法成為愛川素直。

我十分清楚這種事情。

素直應該也很清楚才對。

「妳最好消失不見。」

「素直。」

「永遠別再出現了。」

「素──」

一如往常。

我聽見自己破碎的聲音。

# 間話

## 沒有她的暑假。

自從迎接暑假之後。

好幾次都想著秒針「滴答、滴答」規律刻劃時間的聲音，可以變得更快一點就好了。

輕輕闔上讀完的文庫本靠在椅背上，接著交握僵硬的雙手往天花板伸展。用力按壓眼頭，接著「哈」的一聲吐出溫熱的氣息。

真田過去沒有閱讀習慣，但是已經完全養出打開書本的慣性了。比起滑智慧型手機，比起看電視，比起聽廣播，比起睡覺，他更想要看書。

因為在手指翻動頁面時，可以沉浸在故事的世界中。其他事情則會出現無法計算的空隙。出現不均等的空隙，讓人不禁思考起多餘的事情。

沒有用處的智慧型手機被棄置在枕頭旁。

「要是有問她的聯絡方式就好了。」

真田搔搔頭。他失策了，忘記文藝社在暑假期間不會有活動。他們沒有共通的朋友，所以完全想不到任何取得聯繫的手段。

漫長的暑假剛看完的第三本書是宮澤賢治的短篇集。

標題故事是《銀河鐵道之夜》，喬凡尼和坎帕內拉展開一段環繞銀河的神奇鐵路之旅，是一個有點悲傷又美麗，敘述與好朋友別離的故事。

我想要說我知道坎帕內拉的去向因為我一直和他在一起但是我的喉嚨堵住了一句話也說不出口。

在此之前明明都和意識切分開來，但是在讀到這段文字的瞬間，她的臉龐鮮明地浮現在腦海中。

回想起加入文藝社隔天的事情。

「欸，關於昨天的電風扇的事情啊。」

即使真田如此開口，等了一會兒也沒得到回應。

等了整整五秒之後再次開口，這一次他決定要確實喊出名字。

「愛川，可以打擾一下嗎？」

正在滑智慧型手機的側臉嚇得動了一下，一臉疲憊地抬起頭來。

「什麼？」

在她不悅吐氣的同時，細眉微微地朝額心攏緊。真田有點傻眼地看著她大眼不耐煩瞇起來的表情。

手搔臉頰。這是真田不知所措時的習慣動作。他在夢中碰到困擾的狀況時，也會在睡夢中搔臉頰，所以他的指甲總是修剪得很整齊。被殭屍攻擊時，家人坐飛天汽車離開時，果然被鯊魚攻擊時。

他今後應該也會為了這些時候維持短指甲。不是因為籃球隊員需要保持指尖的細膩感觸才把指甲剪短，絕對不是。

「所以說，關於昨天講到的電風扇的事情。」

真田試著重複剛剛提到的事情，但是她的反應很冷淡。

「昨天的電風扇是什麼事？」

整齊向上擺動的睫毛和往前嘟起的下唇，都跟充滿警戒心的猛獸沒兩樣。

她為什麼會擺出如此攻擊性的態度呢？為什麼要用宛如看陌生人的眼神看他呢？因為完全無法理解，真田的困惑又更深了。

真田今天早上請家長開車替他把電風扇搬到學校來，所以才想要借社辦的鑰匙。他也想著如果可以多少說些才剛開始看的《心》的感想就好了，正隨手在腦海中統整出言語，所以有種錯愕的掃興和遭到背叛的感覺。

她今天心情大概非常不好。真田知道女生有心情不好的日子，多一事不如少一事這句諺語如泡泡般浮現他的腦海，然而宛如要消滅這個泡泡一般，他想起昨天的她。

真田不知道愛川素直是文藝社的社員。真田認識的素直不是在教室裡沒勁地玩弄自己的頭髮，就是在敞開的體育館雙開門前，上半身幾乎要貼在門上觀賞籃球隊的練習。

可是在文藝社社辦裡見到的素直，給人一種朦朧的感覺。不知所措微笑的表情也讓他留下深刻的印象。儘管如此，才想著她竟然用力關上教職員辦公室的門想要遮斷聚集在離開籃球隊的真田身上的好奇視線，她接著就露出來到遊樂園的表情，腳步輕快地步行在圖書室的角落……

「到底幹嘛。」

頓時回神。素直的聲音明顯帶著不耐。

愛川素直這個女生，與真田不同意義地惹人注目。他不想在班上引起不必要的關注，便說著「對不起，沒什麼事」，道歉後走出教室。

走出教室，無處可去的電風扇就待在後門旁邊。就算電風扇觀察狀況般抬頭看著真田，他也只能吐出不冷不熱的嘆息。

真田並非想得到感謝。原本就是自己主動說出家裡有沒用到的電風扇。

但是昨天的素直軟聲道謝，彷彿對著神明祈禱般恭敬地低頭致謝。

長髮滑順地從她頭型好看的後腦勺朝肩膀散落，真田才終於發現她的身材穠纖合度。回想起部分籃球隊員因為太在意她的視線，結果射籃頻頻落空被痛罵的事情，真田浮現難以言喻的情緒。儘管真田自己不管有沒有她在一旁，都毫不在意地射籃得分。

當時的自己，曾經很傻眼地如此說過。

「跟每日特餐沒兩樣的女人。」

又說出同樣一句話，自己也覺得好笑，可是笑容逐漸消失在嘴角。

回想起兩人一起去動物園的那天，她低語著「這是我生平第一次」，閃耀淡粉色光澤的嘴脣。也想起自己想要碰觸她泫然欲泣扭曲僵硬的臉頰，以及擁抱淚珠的長睫毛。

生平第一次。

她非常珍惜地，忍住眼淚地說著這樣誇張的話。

握在手心的手好溫暖，跟孩子一樣小又柔弱不可靠。感覺一用力就會捏壞，肩膀和上手臂跟笨蛋一樣努力想要放鬆力量。大量的手汗肯定也被她發現了。

那之後就沒再見面。臨別之前她明明還笑著說：「路上小心。」

「所以才會這樣吧。」

時至此時才發現自己被書中這段話影響的理由。目送喬凡尼朝城市跑去的背影，感覺自己被拋下是因為無法認同喬凡尼與坎帕內拉分離。

一閉上眼睛便淡淡浮現腦海。

感覺看見綁著公主頭的少女，仍然站在原地不知所措的樣子。

好像只要追上去，就會如海市蜃樓般消逝，所以只能從遠處注視著。

「拜託，暑假這種東西快結束吧。」

抱著走投無路的心情如此低語，同時往床舖倒下。

沒有約定的夏日祭典和煙火大會，全都因為下雨停止舉辦就好了。海邊出現大量水母，禁止游泳就好了。

不知誰家窗戶上吊掛的風鈴演奏起「鈴、鈴」的廉價聲音，彷彿垂掛在香油錢箱上方搖晃的鈴鐺把願望傳達給神明一般。

然而不管許願幾次都沒有實現，暑假結束之後她也沒有回來。

名為愛川素直的少女有來學校上課，可是她的髮型不是公主頭。回想起那天的約定，他怎麼樣都不敢找她說話。

不對，並不是這樣。

自己已經隱約察覺了。就算對那個撐著下巴、一臉無趣地眺望著操場的側臉說話也沒有意義。

突然感覺文藝社社辦變得好寬敞。

「沒有來啊。」

「小直學姊不會每天都來喔。」

律子一臉萬事通的表情如此說。律子明明是學妹，此時的語調彷彿叮囑孩子的母親一般，因此讓人感到很不自在。

可是即使律子如此說明，也無法就此想開來。每天彷彿有硬物想強行通過喉嚨，卻無法吞嚥下去而在口中無所適從。

赤井老師去名古屋旅行帶回來的伴手禮，放在社辦裡的青蛙甜饅頭就快要過期了。

不知何時發現自己一到學校上課，就會祈禱般的看著窗邊的位置。

我想要說我知道坎帕內拉的去向因為我一直和他在一起但是我的喉嚨堵住了一句話也說不出口。

我怕得不得了。

感覺再也無法與綁公主頭的某人再見面。

# 第3話　複製品在哭泣。

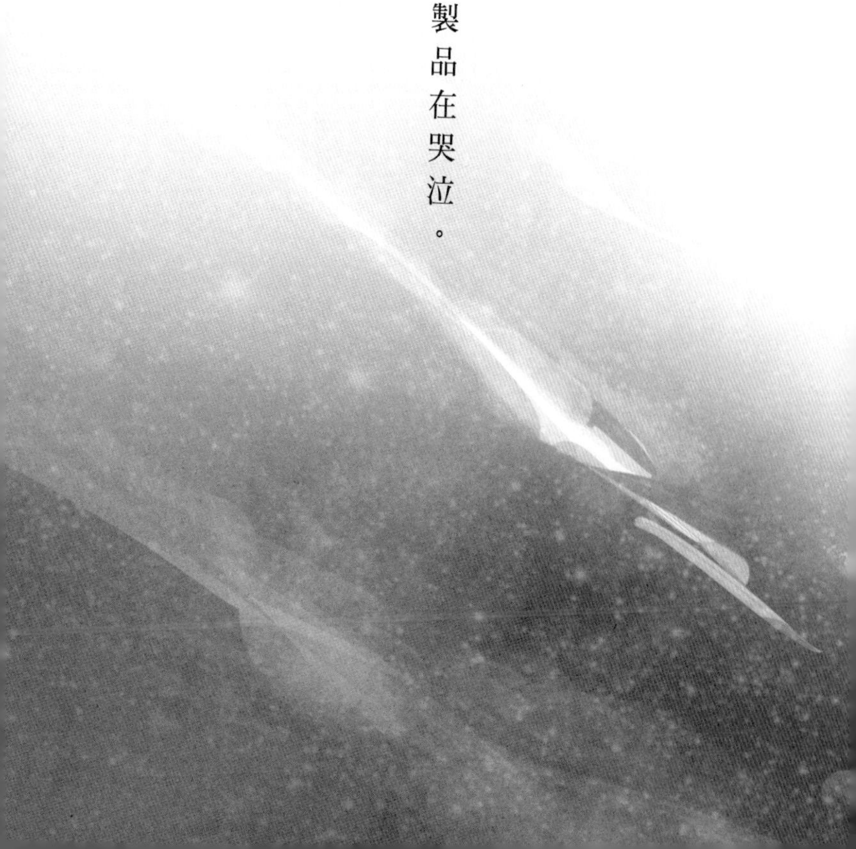

我下次再度被喚醒時，已經時隔一個月以上。

暑假早已結束，好多夏蟬死去，掉落路邊的乾枯蟬殼被約克夏犬的小腳踩碎了。

日照仍舊炎熱，看來夏日餘韻依然相當有威力。

在我消失的瞬間，我還以為素直再也不會喚醒我。因為素直的怒意是那般旺盛。

但是久違不見的素直，總感覺她一臉愧疚的表情。對我來說，她明明在幾秒之前還尖聲朝我怒吼。

事到如今才又實際感受。

在我停止活動時，素直的時間也仍然不間斷地流逝、前進。這段時間素直思考了許多事情，有過許多思緒，最後作出在我面前擺出奇怪表情的結論吧。她的憤怒沒有持續，就在我不知情時藉由某種形式消化掉了。

我的肌膚比最後一次見到時變得更黝黑一點。

今天身體也確實更新為素直的最新狀態。可是我的心總有被她拋下的感覺。

這大概已經不能被稱作記憶，對我來說是紀錄。我如同閱讀般晚了一步才知道素直經驗過的事情。以愛川素直為主角的故事中找不到複製品的蹤影。

被素直喚醒的我，今天也做準備要去上學。

在動物園拍的兩張照片，被收在透明的文件夾裡避免折到。

素直在放暑假前的那一天，翻遍裝滿她所不知物品的書包找到那些東西，替我全放進紙袋中保管。錢也是全額收在樸素的褐色信封中。

只有動物園的門票被丟掉了。跟迪士尼的罐子一起被丟進垃圾桶中。媽媽似乎罵她：「罐子要丟資源回收。」由於這是一段相當鮮明的記憶，不須開口問也能理解。

今天早上我出房間時，難得看到素直追上來。

「妳和真田在交往嗎？」

「沒有。」

不是這樣。

因為素直並沒有和真田同學交往對吧？我沒辦法把這句話說出口。

素直感到不安。素直感到恐懼。現在的我也能理解了。

但是她打從一開始就沒有恐懼的理由。

因為啊，素直。

複製品肯定根本不會戀愛啊。

即使僅僅一天展翅高飛了，隔天就連腳尖踏上地面都做不到。

我一走進教室，便漫無對象地隨口道早，聽到幾聲回應。我如在波浪間搖蕩般，從不成毒也不成藥的微笑旁經過。

走到窗邊的位置坐下，我便依序拿出課本、筆記本和文具。

去年放完暑假剛開學上課時，怎麼樣都會氣氛鬆懈，老師們看起來很痛苦，而學生們更是加倍痛苦。

認真在座位上坐好的學生大約一半，剩下的一半懶懶散散、無所事事、神遊太虛。明明展露出跟老是在睡覺的小熊貓差不多的怠惰模樣，今天同學們一直神采奕奕，完全看不出小熊貓的模樣。

即使我側耳傾聽大家的喧譁聲，已經沒有人在提暑假時的話題了。我只能緊咬牙根，努力壓抑想要從這裡逃出去的心情。

教室的門再次被打了開來。

看見走進來的人物，我終於得以喘氣。

真田同學與我相反，看見我之後倒抽一口氣的樣子。

他看著我的眼睛朝我走過來。沒先把東西放回自己的位置，彷彿走在單行道般直直朝我前進，接著開口。

沒說一句話便閉上嘴，然後又開口。我多虧有真田同學而得以呼吸，可是他宛如掙扎著渴求氧氣的魚。

他看起來有點痛苦，讓我無法不開口對他說話。

「早安。」

平凡無奇的道早。但是真田同學用他低沉沙啞的聲音開口說了另一件事：

「妳的髮型。」

「咦？」

我眨眨眼之後，露出有點害臊的微笑。

「對不起，我還沒把頭髮綁起來。」

我平常會在進教室之後綁頭髮，今天還沒有心思顧慮到這件事。

我把鏡子擺在桌上，用手當梳子整理頭髮。當我用髮圈束將垂放在背上的頭髮綁起來時，突然感到奇怪。

我明明還沒綁成公主頭啊，為什麼？

「妳不是愛川嗎？」

在我冒出疑問的同時，聲音交疊。

提出疑問的，是一直沉默站在我桌子旁邊的真田同學。

「咦？」

我沒能明確理解這句話的意思與意圖，只能轉過頭回問。

彷彿看穿一切，彷彿要被他吸進去。

漂亮的黑瞳中倒映著我呆傻的身影。

因為他小心翼翼地一字一句發音，我連裝作沒聽清楚也辦不到。

「妳不是愛川素直嗎？」

我衝出教室。

不可以在走廊上奔跑。我從小學就知道這種事。我打破規矩，和來上學的學生反方向衝過走廊，穿著室內鞋踏進人煙稀罕的校園後庭。

為什麼被發現了？為什麼？

我確實為了區別自己和素直的不同而改變髮型，可是到目前為止都沒人說中這件事。

看起來跟真品一模一樣，卻不是真品。

假東西的我明明不能讓任何人察覺。

我從制服上緊壓胸口。心臟怦通怦通不規則跳動的聲音使得我的視野跟著一閃一爍。

喉嚨感到宛若絞緊的痛楚。

「我想要去不是這裡的某個地方。」

那天，搭上電車的我覺得自己可以前往任何地方。

不過那是哪裡呢？

我腳步虛浮地走在紅、白、粉紅波斯菊盛開的後庭。

家。那是素直的家。媽媽的懷抱與爸爸的掌心也是素直的。

身上穿的制服，人人誇讚很美的亮澤秀髮，以及眼睛、鼻子、嘴巴。

也全都不是我的。

不是愛川素直的我，哪裡都去不了。

「愛川！」

有人用力拉住我。

不知是手肘還是哪處關節嘎吱作響。大概聽到了這個聲音，表面浮出青筋的手嚇得縮了回去，那隻手與真田同學的臉孔相連在一起。

我抬頭一看，氣喘吁吁的真田同學一張臉皺得跟揉成一團的面紙沒兩樣。

之所以沒逃走，是他呼喊我的聲音帶著猶豫。儘管他迷惘著什麼，還是追上來了。

「很痛嗎？」

「沒事。」

一點也不痛。比起我，真田同學看起來更痛。

他可能又弄痛他的右腳了，都是我的錯。

「可是妳一副要哭出來的模樣。」

他的手貼上我的臉頰。

我的臉沒有溼。眼角和眼頭也都很正常。我沒有落淚。只是裝作人類的複製品不會擅自落淚。

「我沒有哭。」

「明明綁公主頭耶。」

他的語氣帶著些許責備。

「為什麼要逃？」

「我沒有逃。」

面對擅自斷定的真田同學，我也擺出吵架的態度。

真田同學仍然想要說些什麼，但是他抿緊嘴脣，緊接著手摸著後腦勺。

「對不起，我沒有要逼迫妳的意思。」

他的眼睛看了一眼長椅。

「坐下吧。」

真田同學在藍色油漆斑駁的長椅上坐下。

有某種預感的我怯生生地在他身邊坐下。由於中間隔著一人份的空位，或許不能說在身邊吧。

我一坐下，彷彿要抗議我很重，長椅後腳發出「嘰」的聲響，太令人可恨了。

從認識他那時起感受到的不對勁，此時我發現到它的真面目了。

真田同學總是很安靜。

彷彿避免發出聲音，彷彿避免產生摩擦，靜靜地待在教室的角落呼吸。

所以開門的時候，拉椅子的時候，在長椅上坐下來的時候，世界仍然維持如此寧靜且安穩的狀態。因為沒有任何色彩改變。

這個人會用特別小心謹慎的動作碰觸自己以外的物品。去動物園那天他握我的手時也相同，所以只要在他身邊，我的心胸便會自然充斥著愛憐。

強風吹撫在向陽處的長椅上。

「我也跟妳一樣。」

眺望隨風搖曳的波斯菊花叢的側臉很緊繃。

他的側臉如同緊繃的薄冰般，彷彿只要稍微碰觸，就會破裂成碎片。

不可以碰觸。得裝作沒有看見，然後遠離他才行。

假如不這麼做便無法安寧。無論是我還是他。

此時的他看起來相當寂寞，因此明明已經如此察覺卻無法離開。

其實我從很久以前就覺得不對勁。

真田秋也是籃球隊的成員。

籃球彈地的聲音，籃球鞋摩擦地面的聲音，要求傳球的聲音，拳頭互擊的聲音，觀眾的歡呼聲，這些全都和寂靜相距甚遠。

因為他自己本身並不打算承襲過去，他想要和榮耀的過去保持距離。

說出「受傷的人不是我」的人。

說出「不用準備考試也沒關係」的人。

說出「說曾經去過日本平動物園也算有去過」的人。

我知道眼前的這個他，不可能是真田秋也。

「早該死矣，為何苟活至今？」

他為什麼要說出這句話。

我想問，又閉上嘴。這是K寫在遺書上的話。出自夏目漱石的《心》。

「為什麼K死了？」

其他文豪們、學者以及讀者有各式各樣的感想與假設。

老師上課時也出過題，要我們一起思考K為什麼要自殺。

因為失戀對他造成巨大的衝擊；因為被朋友背叛而無法相信人類；因為自己脫離正道了；因為真的孑然一身了。

可以說些煞有其事的假設，也能作出煞有其事的說明。

但是沒有人知道正確答案。無論「老師」還是「我」，更甚者或許連「K」本人都不太清楚。

早該死矣，為何苟活至今？

我明明從來不曾想要傷害素直。

即使如此，我大概——

「動物園。」

緊繃的側臉轉過來看我。

「如果明天能去動物園，那麼我不想死。」

即使又會傷害素直，我也無法退讓。

「妳真的很喜歡小熊貓耶。」

彷彿表示無奈的笑容騷動我的心。

「你也真的是那樣嗎？」

我很清楚這是自掘墳墓的提問。

即使如此，我還是想知道。

我想要知道眼前這個人。

沉默了幾秒的時間。我感覺雙耳聽見心臟怦通跳動的聲音。

接著他終於看著我柔柔地回答：

「嗯，我也相同，我不是真田秋也。」

他沒有喊我愛川。

我也一樣。我大概再也不會喊眼前的男孩「真田同學」了。

「這樣啊。」

隱瞞至今的祕密。絕對不能讓任何人察覺我的真面目。

全都無所謂了。隨便怎麼樣都行。

我露齒開口說：

「我也相同，我不是愛川素直。」

實際說出口令人意外地毫不痛苦。

反而可說安心下來了也說不定。下一句話自然而然脫口而出：

「我是素直的複製品。」

「複製品？」

大概是不熟這個名詞，他重複了一次。

嚴格來說，我也不知該如何稱呼。不知該如何稱呼不是分身，也不是神魂離體，而是仿造品的自己。

「我們都這樣稱呼。素直替我取了『Second』這個名字。」

「秋也叫我二世。」

我把手貼在胸口上，然後抬頭看他。

「所以我要叫你二世同學嗎？」

「有點不太想耶。」

他苦笑，我打從心底同意他的想法。

「我也不想。因為我也不想聽你喊我Second。」

「愛川也替妳取了過分的名字耶。」

「真田同學也一樣。第二個是什麼意思？他當自己是誰啊？」

我壓住喉嚨。難聽的話就快如洩洪般衝出口，讓我相當恐懼。

我痛恨「Second」這個名字，甚至讓我想要一掌摑上素直自以為想到好點子的肥嫩臉頰。我好痛恨不承認我是我的素直，我好痛苦。一直都好痛苦。

「我小學時常常在想，那麼要取什麼名字我才能接受。」

「小學時？」

他一臉驚訝。對此我想著「難不成」。

「真田同學是什麼時候製造出複製品的？」

「今年六月吧。出院後第一次要上學的那天早上。妳們呢？」

「素直小學二年級時。原因是她和小律吵架了。」

即使同為複製品，誕生後的時間似乎有很大的差距。

「廣中和愛川已經認識那麼久了啊？」

「她們在兒童聚會認識後到現在喔。」

「真厲害。」

不知為何他在奇怪的地方表現出佩服。

「我剛誕生後不久，素直叫我小直，不過從某天開始，她說不能把『直』給我。」

「因為她自己會變成醋（註：日文中素直的「素」和醋的發音相同）嗎？」

聽見他巧妙的諷刺，我噗哧一笑。

他說的未必沒有錯。素直不想要只剩下「素淨的自己」。

「我就算只有o也行耶。」

「不是蒙灰，而是滿身沙子（註：素直的日文發音為sunao，拿掉o會變成suna，與「沙子」發音相同）的愛川素直。」

最後素直決定不把她的分毫分享給我，所以才會給我「Second」這個名字。Second。第二個。因為有第一個才得以存在之物。

「我也叫妳小直吧。因為我有點羨慕廣中這樣喊妳。」

他彷彿窺探般偷偷看了我一眼。我嘟起不是素直的嘴脣說：「可以啊。」

我至今一直暗自思索著自己的名字，可是哪一個都不太對。不過被喚作「小直」，意外地讓我感到貼切。

「那麼我該怎麼叫你？」

「……秋。」

「阿秋？」

沒錯——引導我這麼喊的眼神好溫柔。

阿秋。眼前的他是真田秋。

胸口「咚」的一聲塵埃落定的感覺。融洽圓滿的感覺。

從那天起，我和他成了小直與阿秋。

「阿秋和真田同學，是從六月開始交換的嗎？」

我重新問了一次，阿秋點點頭。

除了腳踝骨折還有其他傷勢的真田同學住院，請假了將近三個星期。

那之後現身學校的真田同學，不是真田同學本人而是阿秋。他走路的方法也是從那時開始變化，把體重放在左腳上，幾乎不讓右腳著地。

「自從腳受傷之後，秋也完全沒有外出過。」

「復健之類的呢？」

「主治醫生說只要他復健一段時間，就能正常生活，但是他出院之後就沒去醫院。他骨折的狀況很複雜，聽說想重回球場起碼得花半年的時間。」

儘管我只能靠想像，半年的時間對全心全意打籃球的真田同學來說或許太過於漫長了。

高中聯賽預賽。失去王牌的籃球隊。

冠軍賽的結果是慘敗。夏天結束，三年級引退。

我悄悄盯著阿秋眺望天空的側臉。

「我好想要討厭秋也，但是怎麼樣都憎恨不下去。」

感覺我懂這股心情。

不對，他的心情大概只有我——同為複製品——能理解。

我也想要討厭素直。

她也有讓我討厭的部分。可是我不會打從心底憎恨她、怨懟她。因為有素直才有我，她讓我看見好多東西。即使僅是以替身的身分看見的景色，對我來說都是特別的。

「我覺得秋也很可憐，被人弄傷腳，然後沒辦法繼續打籃球。他連上學的力氣也沒有，胸口開了一個大洞。」

我屏息。有種全身血液倒流的感覺。

我沒有聽錯。阿秋確實說了「被人弄傷腳」。

「真田同學很喜歡打籃球對吧？」

自己只能說出自以為是的話，讓我好不甘心。

「他做得最好的一件事就是打籃球。只要做得好就能得到身邊人的誇獎，所以他從一大早開始練習到七晚八晚。與其說他喜歡籃球，倒不如說他喜歡社團活動本身吧。」

阿秋低頭。

「所以，我也快——」

「什麼？」

儘管我回問，他彷彿表示言盡於此般再也沒說話。

所以，我也快——

我將會後悔當時為什麼沒繼續追問下去。

◇◇◇

自從共享祕密之後。

我和他的日常生活，迎來閉上眼兩秒也分辨不出來的微小變化。

只要被素直喚醒，我就踩著自行車。匡啷匡啷匡啷。

在教室將頭髮綁成公主頭的手法，也越來越有模有樣了。

上課，吃便當，下午昏昏欲睡，放學後兩人一起去社辦。

在圖書室尋找兩人的書，翻動書頁，大口吸滿夾在書頁之間充滿塵埃的空氣。

看小律寫的小說並且說感想。小律對他犀利的意見讚嘆，他正式成為副社長。

暑氣消滅，插在樹枝上的蟬殼也開始消失蹤影時。

空氣清新且天氣晴朗的那天，當我從科任教室走回教室時，有人從背後喊我：

「愛川。」

我一轉過頭，一個三年級男生站在面前。

模特兒般的外表，四肢修長。

染上造型劑氣味的褐色頭髮，四處都有經過算計的抓髮。

長瀏海底下的細長眼眸直直盯著我看。

「早瀨學長。」

脫口而出的稱呼，對我來說是第一次說出口的名字。

早瀨光，素直認識的其中一個籃球隊成員，聽說也是弄傷真田同學腳的人。

學校裡煞有其事地謠傳這個人弄傷了他看不順眼學弟的腳。因為和早瀨學長要好的學生，以前把這樁事當作英雄事蹟般吹噓給大家聽。

他們私下找真田同學出去，三個人聯手壓制他，又是揍他的肚子又是踢他的膝蓋或腳。而且這種行為還不是一兩次，還美其名稱作「制裁得意忘形的學弟」。

明明只差一步就能拿到夢想中的高中聯賽門票。

最大功臣的真田同學，因為這個人而沒辦法站上決勝的舞臺。

「好久不見。」

早瀨學長熟稔地繼續說。他的嘴角上揚，展露自信的聲音與態度。

學長朝我走近，我動作自然地往後退一步，用懷中的課本張開看不見的防禦牆。

學長朝我伸出來的手，彷彿表示原本就打算往那裡去地朝自己的腰上一擺。這個人總是這樣，懂得保護自己自尊的小手段。

「是呀。」

放完暑假之後，素直澈底不到體育館去了。放學後不是待在教室裡發呆，就是和別班同學聊天，或者直接回家在客廳裡看電視。這就是最近的素直。

這幾天的素直，彷彿被夏天拋下的蟬殼。

「要是妳來當球隊經理就好了。」

這是他第二次抱怨似的說出這句話，只是說法有點不同。他上次則是說「要是妳能當球隊經理就好了」。

「我很怕麻煩。」

我說出素直第一次時說出口的藉口。

新生的素直在朋友的邀約下一起體驗了籃球隊的球隊經理工作。不過在球隊經理的學長姊教導中準備飲料、擦拭沾滿汗水的籃球、清洗大量衣物之後晾曬、寫日誌、寫計分表……有點累了嗎？但是這還只是工作的一部分，接下來是……

素直一天就被擊垮，那天回家路上還騎自行車去撞電線桿。自行車的籃子中柱現在還是彎的，隔天連喚醒我的力氣也沒有，直接跟學校請假。

「妳老是這樣說。」

早瀨學長似乎有點不高興。雖然他沒露骨地皺起臉來，卻皺起了眉頭。

我一句話都沒說，從不慎熟悉的男性臉上別開眼。

我不知道該用什麼表情面對這個人才好。

◇◇◇

上課鈴聲響了。

被早瀨學長糾纏的我，煩悶地回到教室。

放學前短班會時間的內容完全沒聽進去。高二時大多會提到與升學或就業有關的事情，可是我幾乎全當耳邊風。

素直在暑假期間似乎參加了幾間縣內大學的說明會，硬性規定想升學者要參加的暑期輔導也一日不缺全數出席。

三方會談時導師也保證「就她現在的能力來看，可以順利考上想念的學校」，不過也說了「但她平常有時上課態度不太好，除了考試以外的時間也要好好專心上課，別鬆懈」。

母親對老師的每個建議頻頻點頭道好，素直在母親身邊露出什麼樣的表情呢？只能把她的記憶當作紀錄探索的我，沒辦法看見她的表情。

「小直學姊，聽說妳被一個帥哥糾纏了呀？」

我嚇了一跳。被人看見了嗎？

小律在我走進社辦時立刻露出奇怪表情的理由似乎就在此。

坐在對面位置上露出竊笑表情的小律別無他意。小律對校內的流言不甚清楚，我想她大概沒什麼興趣。她不知道那位帥哥就是讓真田同學受傷的人。

我身邊翻頁的聲音驟停，我感覺到阿秋的視線。

「哎呀，就是那個褐色頭髮，裝模作樣感的人啊。」

「小律。」

我不希望她繼續說下去。而我著急的反應或許更是此地無銀三百兩。

「是早瀨學長啊？」

感覺說「對不起」道歉也怪怪的，所以我只能抿緊雙唇。

那是對真田同學做出過分行為的人。是不能原諒的人。

不過我同時發現了。那天，就像素直和小律吵架我才得以誕生一般，阿秋因為真田同學的腳受傷才能誕生。

所以我現在仍然不知道該用什麼樣的表情面對早瀨學長才好。因為我懷抱著自私且心虛的心情。

那天社團活動結束後，阿秋難得主動開口跟我說話。

「社長，對不起，可以占用妳一點時間嗎？」

「咦？」我的聲音不禁分岔，不知該把拿起的書包繼續往上拿還是該放下。

小律製造出「沙沙」的聲響，把一張黑白傳單放在桌上。

「兩位前輩，你們要聊天要不要順便去這裡？」

「咦？」

「這是只有附近居民才知道的活動，是私房祕境喔。」

在我回問「什麼意思？」之前，小律已經說著「那我先失陪啦」，快步走出社辦。

被留在社辦裡的我們無言以對一段時間。

宛如幼兒園的小孩用蠟筆亂塗一通，一點也不真實的夕陽照亮狹小的社辦。

從忘記關上的窗戶吹進來的風，吹動窗簾擺蕩。

兩人伸長的影子，書櫃的影子，輕柔擺頭的電風扇影子。

阿秋緩慢移動身軀。

「要不要去？」

小律放在桌上的，是祭典的傳單。

◇◇◇

祭典會場在學校附近的神社境內。
我牽著自行車，和徒步上學的阿秋一起走到小神社。
原本預定在夏末舉辦的祭典，受到颱風影響而延期到九月舉辦。
我把自行車停在已然變身自行車停車場的小石子路上。一走上短石階，便看見櫛比鱗次的攤販像是要把神社外圈包圍起來。
「哇。」
刨冰、蘋果糖葫蘆和葡萄糖葫蘆、章魚燒、炒麵、法蘭克福香腸、棉花糖和冰鳳梨。還有撈水球和撈金魚。
絡繹不絕的人潮穿梭在一眼無法全數看盡的攤販之間。在今天這個日子，大人和小孩都開心地滿臉笑容。
紅霞天空底下，攤販、擁擠的人潮和小石子地，全都被紅色燈籠染成橘紅色的這個地方，宛如異世界般美麗。
音響不停歇播放的祭典音樂聲以及嘈雜的說話聲，在我的耳朵深處融為一體消逝。住在附近的小學生，彼此拿著用糖漿畫出來的塗鴉仙貝給對方看，開心地咯咯笑個不停。

看著這些的我，臉頰大概也染上了和他們相同的色彩。

「這是我第一次參加祭典。」

「我也是。」

我興奮的低語得到些微雀躍的回應，讓我無可救藥地感到喜悅。

彷彿受到邀約，我腳步虛浮地走在細心鋪設的石板路上，可是立刻又停下腳步。因為阿秋站在原地不動。

「怎麼了嗎？」

我轉頭問他，他搔搔臉頰回答：

「我只是在想，真想看浴衣打扮耶。」

我想問「看誰的？」，但是立刻閉上嘴巴。這種事情不用問也明白。

身穿浴衣打扮、手拿束口袋的女孩們，吵吵鬧鬧地經過我們身邊。他看見這一幕，似乎也想看我穿浴衣，讓我感到有點害臊。

我和阿秋都是一身乏味的制服打扮，我想著既然如此——

「我也想看你穿浴衣。」

就跟女生穿浴衣特別漂亮一般，男生穿浴衣也特別帥氣，外表爽朗的阿秋肯定非常適合穿和服。

阿秋用裝模作樣的舉止，手抵著自己的下頷。

「那麼，我們就用假裝穿上浴衣的樣子去逛吧。」

「那什麼啦。」

又感覺到害臊，我笑了笑。阿秋偶爾會一臉正經地說些奇妙的話。不過這很特別，我知道自己在他每次開口時，都在期待他的薄唇接下來會吐出什麼樣的一句話。

我想要側耳傾聽，不想錯過任何一句話。

我半開玩笑地輕輕拎起裙襬，稍微歪頭問他：

「那麼你覺得我現在穿著什麼圖樣的浴衣呢？」

他稍微思索後回答：

「花朵圖樣吧。水藍色、藍色，或是粉紅色。白色也很適合妳。」

「不錯耶。阿秋穿素色的深藍色或深綠色的浴衣感覺也很不錯。」

阿秋不停地眨著眼。令人驚訝的，我們兩人幻想中的浴衣彷彿從眼底喚醒，烙印在我們的眼中。

我已經揮動著花朵圖樣的衣袖了。

「我們也換上浴衣了，去吃點東西吧。」

光是站在遠處看未免太無趣，祭典就該開心享受才行。

我和點頭同意的阿秋一起闖進熱鬧當中。

「有什麼想吃的嗎？」

「我有點口渴了，所以要先吃刨冰！」

「收到～」

盛開的繡球花，黑色布料搭配櫻花，白百合的浴衣。頭上插著金魚或蝴蝶造型的可愛髮簪，七彩的腰帶繫緊浴衣腰際，穿不慣的木屐帶子磨紅了指間。

只要和阿秋在一起，我可以穿上任何模樣的浴衣。

「草莓、哈密瓜、檸檬、橘子，還有藍色夏威夷啊……」

排在刨冰攤販的短列中，我彷彿思索難解問題般陷入沉思。站在我後面的阿秋則一臉游刃有餘的表情。

「你已經決定要吃什麼了嗎？」

「決定了。」

「小姐，請點餐～」

一轉眼就輪到我了。我慌慌張張地從束口袋中拿出千元鈔票，腦袋全速運轉。

刨冰三百圓，如果要加煉乳得加一百圓，但是現在沒有時間思考要不要加煉乳……

「那個，請給我一個哈密瓜口味。」

「檸檬？」

「哈、哈密瓜。」

「檸檬是吧。」

「哈密瓜！」

重複好幾次類似的問答後，刨冰器才發出懷舊的沙沙聲轉動起來。

清爽的綠色糖漿融化了小冰山的山頂，我接過杯子和阿秋一起走到攤販後方。

拍掉沙石，我們並坐在矮石牆上。大概是為了避免蛾群聚過來，熄滅燈光的攤販後方相當昏暗。帶著香氣的煙霧從其他攤販的方向飄過來，只是更加誘人食指大動。待會兒非得要吃到炒麵不可。

我拿起前端做成圓湯匙造型的吸管攪散刨冰，邊聽著好聽的「沙沙」聲響舀起一大匙放進口中，冰涼的甜蜜便瞬間在口腔中擴散開來。

「好冰喔！」

我們兩人異口同聲大喊。由於實在太有趣，我們不禁互視而笑。

不用說出口也明白，不僅是祭典，我們肯定連淋滿糖漿的刨冰也都是第一次吃。

「你點什麼口味？」

我顧著和老闆搞清楚檸檬和哈密瓜，沒聽到阿秋點了什麼。昏暗中每種口味的刨冰看起來顏色都相同。

「妳猜猜看。」

舀起一口刨冰的湯匙不知為何對著我。

我反射性地張開嘴。

一口吞下，含著湯匙的舌尖好像麻掉了。舌尖上融化的冰到底淋上哪種口味的糖漿，根本無從猜測起。

「吃出來了嗎？」

「吃不出來。」

阿秋「呸」地吐出舌頭。上面不是天生的粉紅色，而是染上了人工的色彩。

「你的舌頭好藍，是藍色夏威夷。」

「答對了。」

阿秋帶著惡作劇般的表情咧嘴一笑。冠上大海另一頭小島之名的糖漿，在揭穿了他的真面目之後，仍舊維持難以言喻的味道繼續朝我的喉嚨深處滑下去。

湯匙沙沙探索逐漸融化的細冰，接著朝阿秋嘴巴方向伸過去。我無法直視，左手緊緊握住冒出水珠的杯子，眼睛看著遠方。

我擔心要是我的熱度把冰全部融化了該怎麼辦才好。我還沒想到被他發現時該拿什麼當藉口。

拜託只有怦通怦通的心跳聲，會被祭典的音樂掩蓋過去——我想如此相信。

阿秋不在意我的沉默開口說：

「話說回來，Shitabera（舌頭）似乎是方言喔。」

「真假，那Shitabero（舌頭）也是方言嗎？」

我曾經聽爸爸說過Shitabero，媽媽說過Shitabera。而我喜歡說Shitabera，素直則喜歡說Shitabero。

「大概是。」

「再吃一口。」他說著又再次分享藍色夏威夷給我的舌頭。這次感受到水嫩清爽的味道……我有這種感覺。

只是吃他的讓我感到不好意思，我決定鼓起勇氣，尋遍我身體每個角落蒐集出來，微不足道的勇氣。

「你也要吃我的嗎？」

「嗯。」

我為了掩飾害臊，舀了一大口要滿出湯匙的哈密瓜口味刨冰，不過阿秋張開比小冰山更大的嘴一口吞下。

彷彿要衝出鼻子的「唰唰」咀嚼聲響起——

「我一直想要吃哈密瓜。」

冒出像是揭開祕密的一句話。

當我理解他剛剛那句「再吃一口」是誘導我如此做的行為，我的臉變得跟蘋果糖葫蘆相同顏色。

「那你早點說啊！」

嘟起嘴來的我，用力拉了拉阿秋搖晃的虛幻浴衣袖子，幾乎弄皺他的衣袖。在昏暗中也能看出他滿臉通紅，他笑彎眉角說著「對不起啦」，肯定是因為他也很害臊。

吃完刨冰，兩人一起去把杯子丟掉後——

阿秋輕輕握住我獲得自由的手。如水煮般熱燙的溫度，也不知道到底是誰的手。

「要是走散就不好了。」

「……說得也是。」

其實人潮沒有擁擠到會讓我們走散，不過我露出認真的表情點點頭。

從食指到小指，跟膽小的孩子一樣緩慢動著。察覺我意圖的阿秋也緩慢動手和我十指交纏，沒有讓任何人闖入其中的空隙。

我聽見心臟劇烈跳動的聲音。

劇烈跳動，炸裂，感覺要跟煙火一樣在高空迸裂。

我們牽著手逛過一個又一個攤販。重複經過同一個攤販面前好幾次，鐵板的熱氣撫過臉頰，正面迎接從棉花糖機吹送出來的甜風，開心地互相歡笑。

配料只有高麗菜的醬汁口味炒麵，以及畫上拙劣小熊貓畫像的塗鴉仙貝，為什麼都這麼好吃呢？

彼此互相餵食的圓滾滾章魚燒，兩個並排在一起、彷彿雙胞胎一樣的蘋果糖葫蘆，為什麼這麼可愛，令人愛憐地幾乎想要磨蹭臉頰呢？我感到不可思議的同時，呼呼吹氣安撫熱燙的章魚燒，舌尖一點一點地舔著蘋果糖葫蘆。

從我的髮簪飛出去的金魚，在神社腹地內自由自在地暢游，蝴蝶優雅地到處飛舞。從浴衣上脫離的花朵們在頭上如跳舞般飛舞散落，將祭典之夜點綴得色彩繽紛。

嘿咻嘿咻、嗶嗶，祭典音樂高聲歌唱。

只要和他在一起，我有生以來第一次的經驗就跟著不斷更新。

◇◇◇

肚子飽得幾乎要筋疲力盡的我們，再次穿過鳥居回到石階下。

不曾停歇的祭典音樂音量明明沒有改變，然而隨著夜色漸深，感覺祭典的熱度也隨之遠離。聽見樹叢中傳來「唧唧」的蟲鳴聲，感覺秋天的氣息正逐步逼近。

正如同季節也有結束的一天，我既無法永遠和小熊貓在一起，也沒辦法逞能地永遠穿著浴衣。

我帶著依依不捨的心情換上制服，突然想到一件事。

話說回來，我還沒有問阿秋想要說什麼。

欸——我想要開口問身邊的他，看見他嚴肅的表情讓我有不好的預感。

「小直，我今天要和妳道別了。」

阿秋搶在我說話前先如此輕語。

怦通——我的心臟疼痛地跳動。我沒辦法完全抬起頭，只能蠕動嘴唇。

「什麼、意思？」

「他似乎要在下星期一執行計畫。」

阿秋大概有自覺自己說出口的話不得要領，他搔搔臉頰。沿著石階變形的深色影子如此動作。

無風的夜晚炎熱，感覺和盛夏的傍晚沒兩樣。

「秋也交給我的任務，就是代替他成功復仇。還有在那之前為了爭取時間去上學，過著看似毫不在意的日常生活。只有這兩件事。」

「復仇？」

「秋也已經做好利用複製品的作戰計畫。」

從右到左，從左到右。來回穿梭通過我大腦的這句話，我無法理解其中意義。

他急忙接著進一步說明，看起來像是想要避免我插嘴。

「作戰計畫本身很單純。首先，我把早瀨找出來痛打他一頓，打到他無法再次振作。早瀨在那之後會大聲宣揚我打他，可是秋也會在我打早瀨的那個時間被其他人目擊到他人在不同的地方。如此一來，他就有不在場證明了。」

復仇。不在場證明。只會出現在刑偵電視劇中的恐怖單字從我頭頂飛過去。

我慢慢抬起頭。

我好想哭。因為阿秋已然放棄地笑著。

因為他露出要放棄至今累積的所有幸福的表情注視著我。

「為什麼？」

「所以說，為了復仇。」

這不算答案。

「為什麼是你去打人？為什麼不是真田同學本人，而是你去打人？」

阿秋面露微笑沒有回答。這是理所當然的事情。因為我這句話不是對他說，而是對不在場的真田同學說。

「早瀨學長所做的事情不可原諒，這點無庸置疑。既然如此，應該由真田同學直接去打早瀨學長才對吧？為什麼非得是你去打人不可呢？為什麼只讓你一個人背負？」

行使暴力的人不會懂。

大家都有武器。有拳頭，有腳，還有堅硬的頭殼。即使沒有特殊道具，人人都擁有傷害他人的手段。

揍人的人，踢人的人，絲毫不理解對方也擁有相同手段，只是選擇不使用這些方法。

因為知道對方會痛，所以才不選擇。

阿秋就是這樣的人。

真田同學也是這樣的人吧。

所以真田同學才會把所有重擔全丟給自己的複製品承擔。

「其實你根本不想打人對吧！」

即使我大喊，阿秋仍然不發一語。

既不肯定也不否定。因為替真田同學著想，所以什麼也不說。

我的喉嚨緊縮，手腳發麻。而且頭好痛，彷彿有鐵鎚從內側不停敲打。

眼頭發熱，熱得我想要大聲尖叫。額頭中央快要裂開了，簡直要怒髮衝冠。眼角捲起龍捲風，臉頰變身瀑布，在下頜彈開，大雨飛散。

啊啊，不行。不行啊。

我明明只是素直的複製品而已。

我跟在祭典中迷路的孩子一樣，無所適從地揚聲大哭。看著這樣的我，就連阿秋也跟著泫然欲泣。

他不知所措地對我伸出手，我用雙手包住他的手。

在宛如只剩下我們兩人的世界角落中，我祈禱般的低下頭閉上眼，不停滑落的淚珠順著下頷滴落。

聽我說，神明大人。

我從不曾相信的神明大人。

何處都不存在的神明大人。

拜託請祢千萬別讓這個人握起拳頭。

如果祢能看見這雙美麗的手，還請把殘酷的命運從他身上扯遠。

「這是雙溫柔的手。不是為了揍人而生的手。」

為了不發出聲響，他是會輕輕打開門的人。

為了不傷害朝他伸出的手，他是會小心翼翼握緊的人。我不希望這雙手刻劃上任何一絲傷痛。

耳朵聽見嗚咽一般的聲音。

「我是為了秋也而存在。」

「才不是。你是為了與我相遇才誕生。」

我聽見頭上傳來倒抽一口氣的聲音。

淚水一滴接著一滴滑落，飛散的黑點覆蓋地面。即使洪水暴力地想吞噬一切，我也已經無法阻止自己說話。

是從何時開始呢？

我是從何時開始如此重視這個人呢？

「為了和我去動物園，為了和我去遊樂園，為了和我去祭典，為了和我去水族館，為了和我去電影院。」

「妳在我不知道的時候排好了之後的預定行程啊？」

「明年我們連煙火大會也要一起去。」

阿秋苦笑著，而我只是一個勁地用力握緊他的手。

我說謊。其實要去哪裡都行。

就算不去任何地方也行。即使是小儲藏室的社辦，走廊角落，後庭長椅，就算是更微不足道、無名雜草叢生的路邊也無所謂。

附近沒有小熊貓也沒關係。

只要他在我身邊歡笑就好。

「我知道了。」

這句話讓我抬起頭。

我還無法準確推敲他的心思。阿秋彷彿要慢慢說給我聽，對著雙唇發顫的我說：

「我其實也不想揍人。」

「……嗯。」

「所以，請妳替我說服吧。」

說服？

「說服誰？」

阿秋對著吸鼻子的我笑著說：
「愛川素直。」

# 第4話　複製品墜落。

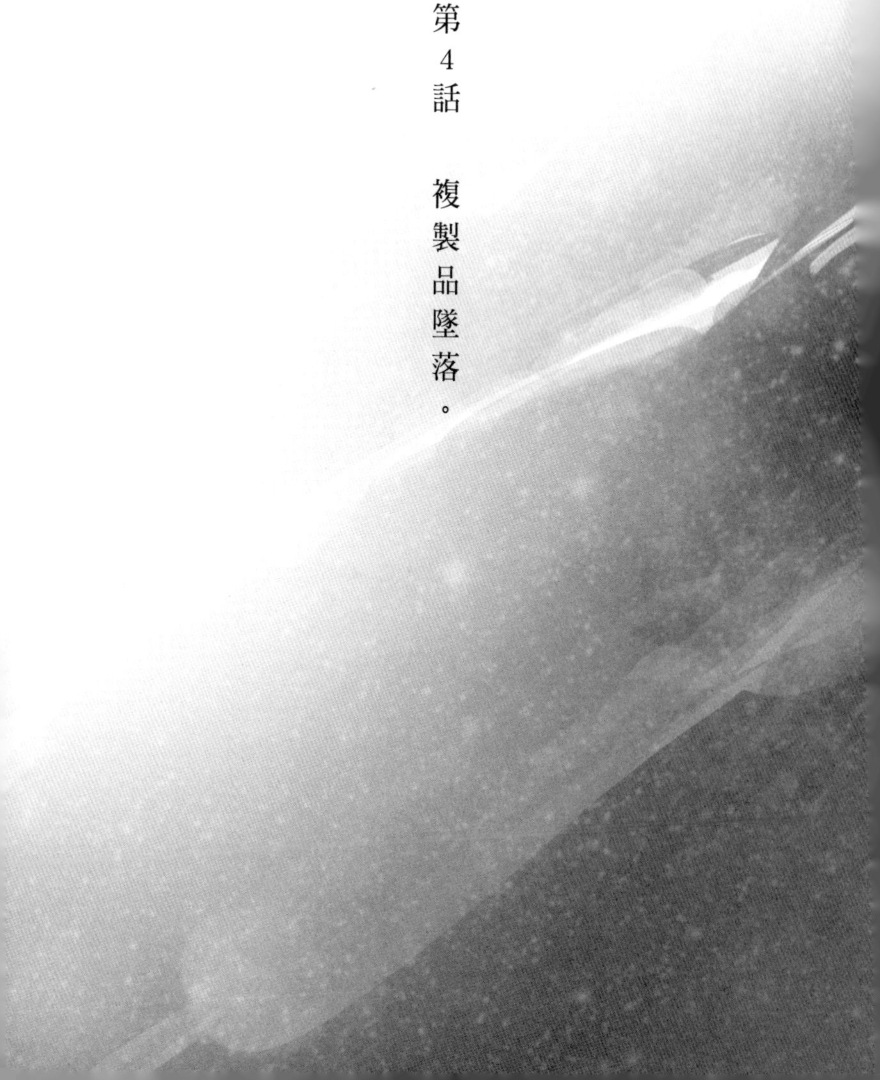

星期一從一早起，校舍整體飄散著浮躁的氣氛。

每當聽見毫不掩飾充滿好奇心的對話，儘管我感到煩躁，也不會為了這種事而退怯。因為阿秋的側臉相當平靜。

可以看見他冷靜且專注。看見想要向他搭話的每個人都無法靠近他，就讓我對只有自己心緒不寧這點感到難為情。

重複深呼吸好幾次。在午休時間來臨前，感覺度過了一段無止盡的漫長時間。

牆上掛鐘的分針刻劃時間的聲音遲鈍緩慢。會如此感覺，或許是因為我心底深處祈禱著午休永遠不會來臨吧。

一聽見鐘響，我慌慌張張地站起身。

班長還沒喊起立，我發現老師傻眼看著我的視線。可是因為我先動作，連帶影響班上開始出現上完課的氣氛，同學們也開始把桌子併在一起。

四處都能聽見「體育館」這個單字。在突然出現的喧囂聲中，我轉過頭看後方，發現已經不見阿秋的身影。他還要換衣服和做準備，所以大概先去體育館了。

我們已經盡人事了。

所以肯定沒問題。

即使如此，當我慌亂踩響室內鞋的腳步聲衝出教室時，便看見學妹不知所措站在洗手檯旁邊的身影。

「小律。」

「小直學姊！」

我和鬆了一口氣跑過來找我的小律一起前往體育館。小律肩上也飄蕩著緊繃的緊張感，在我們走過連接校舍與體育館的走廊時，我們一句對話也沒有。

午休時，男學生大多會聚集在體育館裡打籃球。至於體育館外面，則都是女生在打羽球的光景。

這天就不同了。宛如正在上體育課，可是無數的學生圍繞在空蕩蕩的兩面球場旁，把體育館擠得水洩不通。

既有高年級的學生，也有同年級和低年級的學生。雖然男生比較多，卻也有不少女生。這代表廣受大家關注吧。

他們迫不及待地期待比賽開始。大概是因為人潮眾多，飄散著不小的熱氣。

約莫過了三分鐘，兩位主角彷彿算計好地分別從前門和後門現身。與我的預料相反，體育館內悄然無聲，甚至可以聽見有人吞嚥口水的聲音。這聲音或許是我，也或許是身邊的小律所發出。

兩人站在門口這一側的球場，稍微拉開距離面對面相視。

阿秋身高高了五公分左右，卻因為他的重心朝左邊傾斜，使得早瀨學長看起來更高大。

兩人都維持襯衫加長褲的制服裝扮，只有把室內鞋換成各自愛用的籃球鞋——為了不弄傷腳踝。

除了籃球鞋以外維持平常的打扮，當然是為了做表面工夫。

這只是單純午休時的遊戲，打發時間的延伸。阿秋說，如果換上隊服、準備裁判，只會讓對方加倍警戒。

「早瀨學長，謝謝你特地前來。」

阿秋禮節周到地鞠躬致謝，臉上沒有可說表情的表情。

早瀨學長輕輕轉動肩膀，同時很故意地揚起眉角和下嘴脣嘴角。

「你的傷沒問題嗎？」

現場一陣騷動。大概沒人想到他會自己提及這個話題吧。

阿秋當場蹲下身重新繫好鞋帶，即使面對挑釁也無動於衷。至少我看起來是這樣。

「日常生活無礙。」

「那真是太好了。」

讓人不禁背脊發毛的皮笑肉不笑。

「聽說你加入文藝社了吧？」

早瀨學長這麼說，同時看著站在遠處的我。他似乎眼尖地在圍觀群眾中找到我。

阿秋裝作沒聽到他的低語繼續說：

「那麼，關於今天的比賽，如果我贏了，請你對弄傷我的腳一事道歉。」

我不知道你在說什麼——早瀨學長沒有這麼說。

反正沒有任何證據，而且他也已經從籃球隊引退了，因此不管怎麼樣都不會出問題。他大概如此確定，所以更認為自己不可能會輸吧。

「要是我贏了呢？」

「如果你想弄傷我另一隻腳，隨你開心。」

阿秋挑釁地揚揚下頷，早瀨學長眼中閃耀殘酷的光芒。

比賽形式是一對一，沒有時間限制，先進籃的人獲勝。

之所以訂定這極為單純的規則，是考量到真田秋也腳踝有傷，無法負擔長時間的比賽。

「那就讓我先防守吧。」

早瀨學長嘲弄似的吹了一聲口哨。

「哦？可以嗎？」

只要進籃一球就獲勝，所以先攻的一方壓倒性地有利。早瀨學長相當有實力，他是真田同學入隊之前的主將。

「因為我想你需要讓步。」

早瀨學長不發一語，不過他的臉頰很不悅地抽搐。

他接下籃球隊隊員丟進場的球。

就像要確認觸感的規律反彈聲揭開序幕。

「比賽開始的口令是？」

「隨時可以開始。」

咻、咻、咚、咚——體育館地板傳出聲響。

沒有哨聲。

在幾十人的觀眾面前，比賽靜靜展開。

面對不停單手運球的早瀨學長，阿秋不停縮短距離。

早瀨學長擺出前傾姿勢，球在他的手邊彈跳。和剛剛明顯不同，現在的運球有輕重緩急。儘管阿秋幾次牽制他，球彷彿受到吸引般一再回到早瀨學長手上。

就連外行人的我也看得出來毫無破綻，真的有辦法劫走那樣活動的球嗎？光在一旁看都覺得呼吸跟著急促起來。

球快速地在早瀨學長的腿間穿梭。就在我好不容易追上他的動作之後——

早瀨學長以子彈般的速度從阿秋左邊切過去。

右腳有傷的阿秋一瞬間遲了一步反應。他表情緊繃，而早瀨學長沒有錯過這個破綻。

早瀨學長打開胸膛打直背脊，雙手持球擺好架式。阿秋拚命想要挽回劣勢，伸長手試圖阻擋。

然而學長沒有投出球。那是假動作。偽裝成投球的進攻。早瀨學長的雙脣彎曲出笑容，把球往前方推。

學長大概確定自己突破防守了吧。或許在場的所有人都如此認為。而這一次早瀨學長真的擺出投籃姿勢，球就快要穿過籃框了。

鏗——破裂聲響徹體育館。

女孩們發出驚聲尖叫紛紛走避，籃球氣勢十足地穿過人群用力砸上堅硬的牆壁後反彈。

是阿秋。他看穿早瀨學長的假動作佯裝被欺騙，之後反手截掉拋上半空中的籃球。

「攻守交換。」

阿秋俐落的宣言使得體育館一陣騷動。

變有趣了耶——耳朵可以聽見觀眾如此喧鬧的聲音。早瀨學長不耐煩地咂嘴，臉上明顯寫著：

「我小看他了。不認真點打真的會輸。」

阿秋讓早瀨學長先攻當然有意義。他不能把比賽拖太久。為了要以最短時間獲勝，在成功阻止輕敵的早瀨學長的攻勢後，阿秋非得要活用接下來的機會不可。

要是繼續打下去，阿秋將無法承受。

「你的腳已經好了吧？」

早瀨學長充滿恨意地吐出話語。

「如果能讓你這樣認為，是我的光榮。」

籃球被丟到阿秋身邊。

阿秋運球一次，籃球彷彿要貫穿地面般在地板上彈跳，有著動搖整個體育館的魄力。

「學長，輪到我報仇了。」

那是表示「不知何時會切進防守」，舔舌般的聲音。

早瀨學長的身體微微一僵。他放亮眼睛看著阿秋的一舉一動，聚精會神以期能追上阿秋的所有行動。

然而阿秋一動也不動。

沒有往旁邊移動，只有籃球縱向移動。

從線外拋出的擦板球。

我在心中專心致志地大喊：「進去啊！」

接著越過傻眼的早瀨學長頭頂，劃出漂亮的拋物線，彷彿嘲笑早瀨學長警戒的三分球成功進籃。

籃球連籃筐邊緣都沒有碰到，被吸進籃筐當中。

咚、咚、咚咚咚——籃球掉在體育館地板上，最後停下來。

阿秋對著呆然以對的早瀨學長聳聳肩。

「臨時入隊那時，你教過我們吧？一對一最重要的是演技。」

故意說出「輪到我報仇了」，讓人誤以為他不可能在那之後直接投球。只要早瀨學長一如計畫退後防守，阿秋就不需要動。

短暫寂靜之後，周遭響起巨大歡聲。

體育館內被異常的熱氣所包圍。折翼的前王牌華麗的逆襲，讓所有人都看得激動不已。

「我贏了呢。」

喧囂聲中，阿秋粗魯地掀起襯衫胸口擦拭臉頰上的汗水。

「可以請你對我的腳道歉嗎？」

即使在喧鬧聲中，也能清楚聽見他的聲音。

「……那只是個意外。」他的聲音細若蚊鳴。「但是，對不起。」

他就不能更加誠心誠意地道歉嗎？

我感到很不耐煩，不過阿秋點了點頭。

「那麼，辛苦你了。剩下的我來整理就好。」

嚴重扭曲表情的早瀨學長離開體育館。慌慌張張跟上去的應該是他的朋友吧。

雖然比賽結束了，總覺得人潮越聚越多人。其中似乎還有吃完飯匆忙趕來的學生，四處都可以聽到錯過比賽的遺憾哀號聲。

好幾個人圍在阿秋身邊，他們大概是籃球隊的隊員。看見阿秋回話時臉上帶著笑容，我鬆了一口氣。其中應該也有放暑假前借我們自行車的那個朋友。即使變得疏遠了，他們的關係也沒有完全斷絕。

我把重要的任務丟給小律負責，也急急忙忙地跑過去找她。

「小律，謝謝妳。影片拍得怎麼樣？」

「沒有問題～我確實拍下來了。」

小律放下拿在胸前的智慧型手機。這是阿秋的智慧型手機。其他似乎還有幾個學生也同樣拍下了比賽的狀況。

我接下小律遞給我的智慧型手機。

「真田學長好厲害喔。」

「嗯。」聽見小律興奮的一句話，我也只能點點頭說：「很厲害。」

我頂多只有上體育課時碰過籃球，就連這樣的我也能理解阿秋相當厲害，甚至可說根本可以不把早瀨學長放在眼裡。

我拜託小律幫忙拍攝比賽狀況，將阿秋和早瀨學長最初接觸到比賽結束的狀況，在某個聊天群組裡實況轉播。

對小律來說，這個請求大概相當無厘頭，不過可靠的學妹沒有追問詳情，只是拍拍胸脯說包在她身上。

我無論如何都想要讓真田同學……讓真田秋也同學即時看見這一幕。

看見阿秋為了他全力打這場籃球比賽。看見阿秋向早瀨學長報了一箭之仇的這一幕。

◇◇◇

星期五的祭典當天——

完全哭腫眼的我，拿陣陣發痛的眼皮不知該如何是好時，跑去攤販一趟的阿秋回來了。

「這個。如果不介意的話，請喝。」

他手上拿著燈泡造型的果汁，是在攤販中也特別引人矚目的燈泡造型飲料。

大燈泡的底部有個開關，從這邊可以切換燈光閃爍的速度。閃閃爍爍、閃爍閃爍。當我看著點亮人工燈光的燈泡時，突然覺得許多事情好像很愚蠢，忍不住噗哧一笑。

他到底是頂著什麼表情，自己一個人去排隊買這個回來啊？買完回到這邊的途中，是不是被錯身而過的人看了第二眼而感到無比害臊呢？光是想像就讓我忍俊不禁，我無法忍住自己的笑意。

「是不是買彈珠汽水或寶特瓶飲料比較好啊？」

遭到我嘲笑大概讓他不甘心，阿秋無法接受的感覺。我則擦拭溢出眼角的淚水搖搖頭。

「不是啦，我很高興。謝謝你。」

我心中點燃明亮的火焰，連在社群網站上吸睛的光芒也相形失色。

雙手接過飲料，把冰涼光滑的燈泡貼在眼睛上。

啊啊，冰冰涼涼的好舒服。

感覺我狹隘的視野跟著眼皮一起瞬間開闊。

當我口含做成夢幻心型的吸管，用力吸起彈跳的草莓碳酸飲料時，阿秋從口袋中拿出智慧型手機來。

「你要打給誰？」

「打給秋也的手機。」

發出亮光的畫面上出現「秋也」兩個字。

「真田……同學手上也有手機嗎？」

「對。這支智慧型手機是秋也給我的，說我可以自由使用。」

即使同為複製品，素直和我的關係，似乎與真田同學和阿秋的關係有很大的不同。

按下撥號，把智慧型手機貼上左耳的他用眼神對我示意，我立刻就知道這是希望我也一起聽的意思。

我一臉認真地點點頭，右耳貼上溫暖的智慧型手機背面，就這樣按到手邊的開關，燈泡的燈光切換成高速閃爍模式。

他的手肘輕輕碰我，嘴角彎出笑容。

瞬間蒸散出兩人份混雜青草與泥土氣味的濃厚汗水味。明明感到害臊，但是不知為何，真希望兩人並排緊貼的膝蓋以及汗溼的手肘能一直維持現狀。

希望他也能有同樣想法。

在我關掉燈泡燈光的同時，話筒傳來真田同學的回應。

『喂？』

是因為聲音轉變成機械聲的關係嗎？我覺得這個低沉的聲音和阿秋的聲音一點也不像，

聽起來就像陌生人的聲音。

「秋也，對不起，我決定不參加你的復仇計畫了。」

感覺電話另一頭傳來倒抽一口氣的聲音。

大概沒想到會聽到自己的複製品說出這種話吧。複製品就該聽從本尊的命令。無論真田同學、素直還是我都這樣相信，認為被輸入這種觀念的現狀才是受到認同。

阿秋正面否定這個想法，只是平淡地闡述執行復仇計畫之後會有多不愉快，傷人是犯罪行為，做這種事情就跟早瀨學長的所作所為沒兩樣等。他不帶一絲驕傲地做出驚人之舉。

令人意外的是，真田同學完全沒插話，只是在智慧型手機另一端屏息安靜地仔細聆聽阿秋說的話。

我們兩人坐在石階角落，小學生、一家大小、中學生情侶從我們身邊經過。大家從祭典回到日常生活的腳步同樣悠哉。

其實大家都依依不捨，還不想回去其他地方。

正因為如此，祭典終將有結束的一刻——我看著大家離開的背影如此心想。

就在我手邊的草莓果汁喝光時，我聽見真田同學小聲說：

『也就是說，你想叫我別復仇嗎？』

顫抖的聲音中帶著不是憤怒也不是悲傷的不知名情緒。儘管如此，阿秋斬釘截鐵地否定這句話。

「不是。我想說的是要用堂堂正正的手段完成復仇。」

『堂堂正正的手段？』

「就是要『像個運動員』。如果是用這個方法，我就會幫忙。」

於是阿秋接著提出替代方案，而真田同學同意了。他或許也對自己的計畫感到恐懼而煩惱吧，受傷至今近四個月都無法下定決心執行計畫的原因或許在此。

真田同學在沒有退出的籃球隊群組中向早瀨學長提出對賽要求，藉由讓其他隊員也看見後，讓早瀨學長無從脫逃。

作戰計畫順利進行，沒幾分鐘就得到學長的同意。看見兩人對話的其他隊員們，在週末兩天把對賽的事情在學生間散播開來。

我和阿秋道別後回家，邊聽著菜刀「咚咚咚」輕快的節奏，對母親的背影說聲「我回來了」，朝二樓的房間前進。

阿秋開口的唯一一個請求。因為我只有這件事能幫上忙。

「素直，拜託妳下星期一讓我代替妳去學校。」

開鎖打開房門的素直大概想問我為什麼這麼晚回家。或者打算和平常一樣拋下一句「夠了」，就要讓我消失。

但是因為我在她打開房門的瞬間劈頭說出這句話並低頭請求，而且我身上還飄散著祭典殘留在身上的氣味，素直小聲驚呼「咦？」之後便陷入沉默。

素直明顯不知所措。因為這是我第一次對素直明確表達出自己的意見。

我還想她應該會生氣。

然而素直沒有不分青紅皂白地怒吼。

「總之先進房間。到晚餐時間前我會聽妳細說。」

大概為了避免被媽媽聽見對話聲，在素直的催促下，我帶著要走進陌生會客室或哪個房間的心情踏出虛張聲勢的第一步。

我就像面試工作的學生一般在椅子上坐下，對坐在床上的素直沒有絲毫隱瞞地說明事情的始末。

真田同學也有複製品。自從他受傷之後一直都是複製品代替他來上學。我們知道彼此的真面目。真田同學計劃復仇。因為阿秋希望，我星期一無論如何都想要去學校……

素直帶著有點呆傻，又有點傷腦筋的表情聽我說話。奇妙的是她這副模樣跟電話那頭的真田同學很相似。

我說完之後，聽見媽媽從一樓喊素直的聲音說：「今天吃蛋包飯喔。」素直大聲回應「好喔」之後，轉頭面對我。

她的臉上帶著濃郁的困惑色彩。儘管我很不安，素直輕輕對我點頭。

「我理解狀況了。妳要代替我去上學無所謂，可是我有個條件。」

「什麼條件？妳儘管說。」

我站起身，幾乎可說是用飛撲的姿勢，膝蓋朝地毯滑過去。

如果要我下次考試全考滿分，我也絕對絕對會辦到。我抱著如此巨大的覺悟。

因為我知道，他貼著我的膝蓋小幅度發抖。

這樣的阿秋只拜託我這件事。他說只要我在他身邊，就不會輸給任何人。

既然如此，我就算得用爬的也要去學校才行。

素直似乎被我的氣勢嚇到，可是仍嘟嘟囔囔地說：

「我也想要看比賽的實況。」

出乎意料的話打得我措手不及，我只能回應：「等我一下。」

這個發展在我的預料之外，因此我得先徵詢阿秋他們兩人的意見才行。

我拿素直的智慧型手機打電話給阿秋給我的聯絡方法，阿秋立刻針對這個要求回答沒有問題。如果可以直接把人找到體育館去當然最好，但是因為沒辦法做到這件事，才會採用直播這個手段。

那時素直、真田同學以及阿秋建立了三個人的聊天群組，我們就這樣迎接決一勝負的星期一來臨。

◇◇◇

「那麼，我回自己教室去嘍。我還沒吃午餐。」

「嗯。小律，謝謝妳。」

「不用謝啦！」

小律離開體育館。此時寬敞的體育館也變得空蕩蕩的。

只剩下我和阿秋兩人。一發現這點，他彷彿表示等很久了，當場躺在地板上。

就連倒地時，他也都很安靜。

「啊～累死我了。」

接著偷偷看了我一眼。就連遲鈍的我也能理解他這股視線的意思。

我在累癱倒在體育館正中央的阿秋身邊坐下，拿著帶來的運動毛巾為他輕輕擦拭汗溼的臉頰。

「你很帥喔。」

「太棒了。」

阿秋笑瞇瞇地握拳擺出勝利姿勢。
就在此時電話響起，阿秋的智慧型手機發出震動。
他用眼神徵得我的同意後，按下通話鍵。
一轉成擴音模式，便可以聽見男性的聲音。
『辛苦你了。』
「喔～」
阿秋躺在地上回答。因為他掀起襯衫擦胸腹，我別開視線看向遠方。
『真的贏了耶。真不愧是我自己。』
那是真心感到佩服的聲音。他的音調開朗得完全無法想像他一直悶在家裡沒出門，不過或許是為了不弄僵氣氛而刻意裝出這幅模樣吧。
『辛苦你了。』
這是素直的聲音。有點冷淡且尖銳，可以感覺得出來她在緊張。面對兩個幾乎第一次說話的男生，這或許也是當然的反應。
素直也確實收看直播影片了。
「喔～」
阿秋和剛才一樣用平坦的聲音回應。他大概累到覺得逐一思考說話內容太麻煩了吧。

對話無法延續而陷入沉默。大概是厭惡寧靜，真田同學突然大喊：

『啊～呃～就那個啦。反正你不會痛嘛。所以，嗯，真是太好了。』

『啊——說得、也是。』

得到素直拉長音的附和後，真田同學的聲音也得意忘形起來。

『我現在連走路也都還很痛苦，複製品果然很厲害耶。連裝痛的演技也有模有樣，我覺得早瀨學長也會被那個演技騙到。』

……到底——

到底哪裡太好了？

我怒火中燒，肚子深處的岩漿正不停沸騰，產生無法抗拒的衝動與熱度。

「對不起，你稍微忍耐一下喔。」

「咦？」我在阿秋發出異議之前先行動。

我朝躺在地板上的他的右腳踝戳了一下。

「痛死我了啦啦啦啦。」

阿秋痛呼。那道擠出來的痛苦聲音，或許說是驚聲尖叫也不為過。

智慧型手機那頭的空氣凍結。他們大概理解到現在的聲音絕對不可能是演出來的。我可以想像真田同學和素直在電話另一頭倒抽一口氣且全身僵硬的模樣。

「怎麼可能不痛啊？他一直忍著痛楚戰鬥耶。」

阿秋用眼神責備我「妳說什麼話啦？」，我輕輕戳了戳他的石頭腦袋。

我比任何人都更理解阿秋的心情。正因為如此我才沒有辦法沉默。

真田同學在智慧型手機另一頭低聲說了些什麼，但是他說得太小聲我沒聽見。

「欸、欸，所以妳也很痛嗎？」

素直開口掩蓋真田同學的話。她感到焦急時，聲音會帶著尖銳。

我噘起嘴回答：

「素直頭痛時我也會頭痛，肚子痛時我也會痛。」

『但是妳從來不曾提過啊？』

「這種事情我說不出口啊。」

我用力皺起眉頭。這不是理所當然的嗎？

你們到底是怎麼想我們的啊？

「怎麼可能說得出口。因為我想要幫上素直的忙啊。」

不管多痛都沒關係，不用勉強自己沒關係。因為取而代之的，會讓不會肚子痛的複製品去上學。

看著因為這樣而安心縮在被窩裡的素直，我每次都鬆了一口氣。我確實幫上素直的忙了，我被她需要。因為這麼認為，我才會選擇偷偷吃止痛藥。

阿秋肯定也一樣。為了真田同學，他不曾告訴真田同學自己有痛覺，或許甚至就連在家裡都不曾做出減輕右腳痛楚的走路方法。

好想討厭他，但是怎麼樣都無法憎恨。

因為這是阿秋的真心話。

阿秋「呼」的一聲吐出長長的一口氣。

「那麼我先退出通話。剩下的就請兩位本尊盡情說話吧。」

『咦？等……』

真田同學好像還想說什麼，但是阿秋不留情地關掉智慧型手機的電源。

其實這也是照我們的預定。因為素直提出在對賽順利結束之後，希望可以給她一點時間和真田同學單獨對話。

不過她沒告訴我她想和真田同學說什麼。

「素直和真田同學會說什麼呢？」

「我大概可以想像。」

什麼？我嚇了一跳。我連想像的「想」字也沒想出來過耶。

「愛川大概想要問秋也該怎麼面對複製品吧。」

該怎麼面對複製品。

該怎麼面對Second……該怎麼面對我？

「我想秋也的做法也不見得正確，可是對於與自己處於相同立場的人，他們的意見或許多少可以當作參考吧？」

這樣說起來，聽說阿秋誕生之後還不曾被真田同學消除過。

他平常每天都以真田秋也的身分上學，回家之後就在真田同學的房間裡看書，或是提早去洗澡。

家人共度的晚餐時間由阿秋負責，真田同學會在自己房裡吃阿秋替他買來的超商飯糰或三明治。晚上阿秋躺在床上睡覺，過著日夜顛倒生活的真田同學則在念書。

彷彿阿秋是真田同學本人，而真田同學是他的影子般屏息生活。

「如果被消除後再被叫出來，我會變成胖子。」

阿秋這麼說著，然後聳了聳肩膀。由於真田同學本人過著繭居生活，好像無法維持運動選手時期的體型。

真田家家境富裕，真田同學拿自己的零用錢就足以買智慧型手機給阿秋用。除此之外吃飯和娛樂用的錢，好像也會把雙親拿給他的錢對分之後給阿秋。

真田同學說他可以隨心所欲過校園生活，所以阿秋才會加入文藝社。

你喜歡看書嗎？

對於提問的我，阿秋回答：「沒特別，普普通通。」

不過他大概不是一時興起才來社辦。至於理由，我想果然只有我才知道。

就算是複製品，也想要有專屬於自己的歸屬。即使只是偶然，他走抵的地點是文藝社社辦，讓我感到驕傲。

「小直，謝謝妳。」

「咦？」

「因為這是我第一次打籃球。」

我星期五也聽他說了。聽說他想證明純粹用真田同學本身的實力也能獲勝，因此甚至沒練習過。假如我沒聽說這件事，今天應該也不會如此緊張了。

「我也不知道能不能獲勝，超級不安的。因為有妳替我加油，我才能跨越難關。」

這句話嚇了我一跳。

「你聽見了嗎？」

「聽見了。妳最後大叫『進去啊』對吧？」

總覺得有種恍惚的感覺。

我的聲音傳進阿秋心胸正中央了。

湧上的喜悅浪潮捲浪掀波，我隨波逐流幾乎要撞上體育館靜默的牆上。

我不想要丟臉地撞上去，所以全力擺出恐怖的表情。因為比賽造成阿秋的腳極大的負擔也是不爭的事實。

「儘管很帥氣，你不能再做這種事情了。」

「我知道啦。」

「絕對別再做了喔。」

「都說知道了啦。」

那之後我們返回教室，在各自的座位上慌慌張張地吃便當。煎蛋捲裡混入細小的蛋殼，可是我連挑蛋殼的時間都沒有，所以直接咬碎。蛋殼充滿鈣質，肯定對健康很好。

總覺得很不可思議。

明明才剛發生那種事，時間卻一如往常流逝，一如往常上完下午的課，以及一如往常度過放學後的時間。

儘管在社辦中熱烈談論籃球的話題一陣子，卻也沒有說很久。小律終於要寫完小說這件事對我們更為重要。

主角們的別稱既不是Double也不是Doppelganger，最後決定用Dual。根據眼鏡閃爍光芒的小律所說，「聽起來很帥氣的發音是關鍵」。

Dual這個拉丁語本身不只有二重的意思，也有兩者的意思。二話不說贊同的我，卯起幹勁閱讀小說。

小律預定繼續反覆琢磨內容後，要投稿到截稿日期最近的小說獎參賽。

希望可以順利完成——我們宛如朝香油錢箱祈禱般對著電風扇雙手合十。它是這個夏天拚命地搖頭晃腦拯救我們的救命恩人。差不多到了該把它收起來的時間，可是已經對它產生了感情，而且社辦裡的收納空間也全都滿了。

氣氛活絡的社團活動結束後，我在回家路上朝前往公車站牌的背影說：

「我送你到最近的車站去。」

阿秋轉過頭來睜大眼睛。

我發現他偶爾會偷偷摸右腳。即使他反對，我也沒打算退讓。

雖然對待在停車場中不安的自行車很不好意思，今晚就拜託它露宿一夜。最起碼還有能遮風避雨的屋頂。儘管不知道明天早上來上學的是素直還是我，反正只要搭電車或公車來上學就好。

我會好好對素直說明狀況並拜託她。

我從來沒想過，我竟然會有產生這種想法的一天。

要是素直思考著該怎麼面對我，那麼我也得思考才行。

我到目前為止只想著不能給素直的生活產生風波，甚至已經逼近病態。

可是不可能辦到這種事。正如同我受到素直極大的影響一般，素直也承受不少我帶來的餘波。

我們都分成兩個人了，當然會承受彼此濺起的浪花，不可能只有好事發生。

阿秋思索了一陣子，接著把手放在脖子後方回答：

「那麼～就拜託妳了。」

「我接下請託了。」

我胡鬧地敬禮後走在他身邊，為了在他腳步不穩時可以立刻扶住他。

公車站牌沒有其他人影，搭公車上學的學生比騎自行車上學的學生少很多。

沒多久，前往靜岡車站的公車照班表抵達，我們兩人坐上車。雖然不到那天去動物園的公車那種程度，車上的人並不多。

我們在最後一排併肩坐下。

或許是因為午休時的疲憊，阿秋在公車開動的同時雙手環胸閉上眼。

「你可以靠在我身上喔。」

我感覺阿秋轉過頭來看我。

「要躺在我的大腿上也可以。」

被他察覺我的聲音帶有些微顫抖了嗎？

阿秋的身體稍微朝我傾斜，他的手臂和我的手臂客氣地碰在一起。

最近的距離，熱燙的身體。身上沒有香皂香氣而是淡淡汗臭味的他，我也還是好喜歡。

雙眼閉上的他看起來心滿意足，全身包裹在放下重擔般的安心感中。

復仇已經結束了。

阿秋不需要打人，而真田同學的心情是否也稍微輕鬆了呢？

「接下來會怎麼樣呢？」

我覺得沒有答案也無所謂，也期待著他含糊不清地蒙混過去。

然而阿秋出乎意料地用明確的語氣回答：

「我想秋也應該會把我消除。」

我聽見這句不想聽到的話。

「他大概能振作起來，可以自己踏出腳步，也能去上學。如此一來就不需要我了。」

恐懼竄過，我全身的毛孔全部打開，雞皮疙瘩爭先恐後冒出來。

我好想說「我不要」。想要扯破喉嚨尖叫反對。

可是我一句話都說不出口，因為阿秋的身體在發抖。

早該死矣，為何苟活至今？

「這並不罕見。主角和虛假的自己合為一體，故事即將迎接喜劇收場。」

「你讀了什麼書啊？」

我不自覺大喊出聲，坐前面的老奶奶很不耐煩地動了動身子。

「我要把它撕爛，告訴我書名。」

阿秋靜靜笑了笑。他那完成所有任務般的爽朗表情令我難以置信。

我不想承認。不想承認我們只是為了最後被吸收的存在。

不想承認我們活到現在，只是被拿來當作好用的故事調味劑。

沉默中，公車沒過多久抵達車站南口。

穿過人潮壅擠的收票口，坐電梯抵達月臺。雖然阿秋無奈地說我太誇張了，他就是傷者，這一點也不誇張。

我們在黃色數字的十二號停下。此時大概正值返家巔峰期的時段，陸陸續續有人排在我們後面。以我和他領頭，隊伍不停延伸，越來越多人。

把沉重的書包擺在腳邊，從月臺抬頭看天空。靜岡明明沒有高聳的大樓，夾在大樓與大樓之間的夕陽天空，彷彿被夾扁一樣顯得拘束。

「我想要去看電影。」

阿秋——比誰都溫柔的他，沒有裝作沒聽見。

「現在去嗎？」

「不了，明天再去。」

他搔搔臉頰。我現在讓他困擾了。

我覺得要立下約定才行。和阿秋立下明天、後天，再之後也要見面的約定。其實沒辦法作這種約定。不能做這種約定。如果明天是素直和真田同學去上學，或者只有我們兩人其中一人去上學，這個約定就沒辦法實現。

我覺得真不自由，可是我很清楚，素直和真田同學都不是神明。我們的願望沒辦法全部實現，也找不到完美的答案。

他們兩人其實也只是單純的高中生。

大家還真不自由。不管是人類還是複製品皆同。

看著在夕陽照射下，沒有一點青春痘的臉頰。

不管發生什麼事情，我都想在這個人身邊。

「欸……」

這時他想要說什麼呢？

我想他應該打算說些什麼。

彷彿要打斷他的話，「咚」的一聲響起。

阿秋的身體詭異地往前方傾倒，只有我看到這一幕。

可謂思考的思考被趕往遠方。

我完全無法正常思考。

只能使出全力拉住要跌下去的阿秋的手。只能辦到這件事。

反作用力讓我踉蹌，穿學生皮鞋的腳騰空。總想癱軟下去的鞋跟，只要逮到機會就想讓我順它的心意，可恨的腳跟。

他叫喊著什麼。我轉過上半身回看，看見他拚命的表情。

眼睛沐浴在刺眼的強烈光線中，我感覺自己全身都被光線照射，連閉上眼睛都辦不到。

灰色與橘色線條，熟悉的車輛迫近眉睫。

緊接著我——

◇◇◇

我呆然以對。

連呼吸的方式都遺忘，呆站在月臺上。

刺耳的緊急剎車聲在我的腦海中如細煙般拖著長長的尾巴。

有人掉下去了——某人高聲大叫。宛如與「呀！」的尖叫聲呼應一般，慘叫聲傳了過來。站務員急急忙忙跑過來，上百個手拿智慧型手機的人，眼睛都往下探尋軌道的狀況。

剛剛有人掉下去了對吧？看見了對不對？我的天啊。是跳下去了嗎？自殺個屁，拜託別這樣吧。電車會停駛幾分鐘啊？我等一下有打工耶，糟透了。

好像有肉塊和血跡噴得到處都是喔。天啊，肯定很噁心。會作惡夢啦。但是好像沒人耶？是被壓在車子底下之類的嗎？一般來說應該會有肉塊大範圍飛散吧……

喧嚣、吵鬧，以及恣意妄為的胡言亂語交錯。

我的呼吸變得急促，視線變得狹隘。沒辦法好好站著，我當場跪地，然而沒有任何一個喧譁的乘客在意我。

「小直。」

即使看身邊也沒找到人。

「小直。」

即使低頭看已經有列車進站的軌道，也沒有得到回應。

「小直。」

不管經過多久的時間，也沒有聽見「嗯」的柔聲回應。

可是她確實就在我身邊。在我身邊小小聲說著想去看電影，很不安地盯著我看。

這樣的她好可愛，看起來好可憐，讓我胸口緊縮好痛苦。儘管我想立刻緊擁她入懷，由於感覺這麼做真的會成為宣示我們別離的行為，我只能握拳忍耐。這些只是幾分鐘前的事。

站務員和車掌在說些什麼，走下軌道的站務員手拿什麼東西。

我發現那是破裂的制服碎片，我這會兒才終於想起該怎麼呼吸。

現在不是愣住的時候。

只要一點點就好，冷靜點啊。

「……啊啊。」

白色的布料碎片上有灰炭的痕跡，但是沒沾染紅色的物體。即使我緩慢地轉動脖子，也沒看見任何意味她死亡的證據。

右腳陣陣發痛。因為我踩穩腳步時把體重用力壓在腳上了。午休籃球賽帶來的負擔也加重我的痛楚。

在我就快要掉下軌道時，小直抓住我的肩膀救了我，多虧有她我才能平安無事。

但是我不是因為太累而暈眩，而是有人推我。

彷彿在我背上留下掌印，那個觸感現在仍然清楚地留在背上。帶著明確惡意烙下掌印的主人，那個瞬間想要殺了我。

就算現在回頭看，也只會看見無數陌生的臉孔吵吵鬧鬧，要從這之中找出凶手應該困難至極。

而且對方肯定早在我茫然自失之時逃之夭夭。雖然對遲鈍的自己生氣，即使我看見凶手的臉，我也不認為自己能瞬間作出反應。

我以左腳支撐搖搖晃晃起身，把小直的書包揹上肩。

電車大概會暫時停駛，不過有件事情得儘快確認才行。

我離開月臺前往北口的公車站，看著公車站的指引尋找前往用宗的公車。

其實我想要用跑的過去，然而比起用有腳傷的身體奔跑，搭公車反而更快。我手中還留著能作出這個判斷，與殘渣無異的冷靜。

幸好我立刻就找到用宗路線的公車。似乎是經由駒形路前往用宗車站。雖然平日傍晚一小時只有一班車，幸好大約十分鐘之後就會有公車進站。

約莫只要三十分鐘就能抵達用宗車站。我接在似乎剛從醫院回來、彎腰駝背的老婆婆後面刷了橘色的LuLuCa之後，在最近的空位上坐下。

LuLuCa不只能搭公車，也能搭乘簡稱靜鐵的靜岡鐵道，而且只要持卡在車站內的商業設施CENOVA消費，還可以累積點數。在固定日子出示LuLuCa，在CENOVA看電影會比較便宜，對高中生來說也是必備物品……

你是為了與我相遇才誕生。

為了和我去電影院。

我空轉的思考彷彿得到光照，她帶淚的沙啞聲音在我腦海深處響起。

我原本打算當自己是最厲害的英雄，在任務結束的同時乾淨俐落地放棄，拋棄這個借來的人生，女孩的聲音卻讓我無法輕易放棄。

我原本打算要對小直說。

問她：「欸，要看哪部電影？」

有人搖動我的肩膀，我找回自己的意識。和一臉擔心我的司機對上眼，我逃跑似的下公車，右腳踝又陣陣發痛。

幾天前才來過的白色小車站，頂著溫暖的紅瓦屋頂不理睬我。

我抬頭一看才驚覺，我果然一點也不冷靜的事實似乎就擺在眼前。

從口袋中拿出智慧型手機來操作。

漫長得令人感到厭煩的響鈴聲後，對方接起電話。

『幹嘛？』

我聽見宛如尖銳樹枝尖端的冷淡聲音。

「小直說不定死掉了。」

尚未熟悉的用宗景色扭曲，此時我才發現自己哭了。

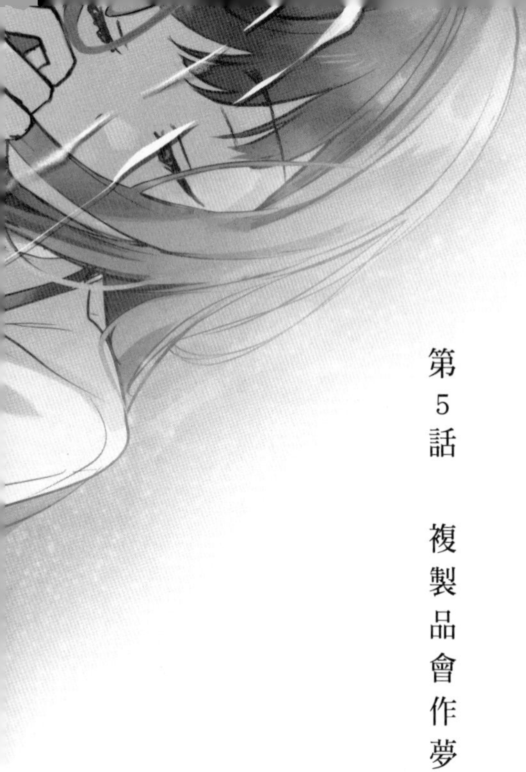

# 第5話　複製品會作夢。

我睜開眼睛。

但是不知道自己為什麼能睜開眼。

為什麼？因為我早已……

視線糊得亂七八糟，我眨了好幾次眼也無法對焦，甚至讓我以為視力瞬間下滑了。

我立刻就知道原因。

我用皺巴巴的睡衣衣袖擦臉，素直就站在我正前方。

眼前青紫的嘴唇微微張開，我以為她在渴求氧氣，然而並非如此。

「喲。」

素直打算要說什麼？打算要繼續說什麼呢？

我不明白。因為我總是不明白素直。

素直突然當場蹲下。她的手肘用力敲在貓腳矮桌上，手上的智慧型手機掉在地毯上。

素直沒有喊痛，只是把身體縮成一團不停發抖。

「素直，妳怎麼了？」

「蘇、怎、了。」

我的話不成聲，聽起來像野獸的呻吟。

我在混亂中試圖探索素直的記憶。

此時門鈴聲響起。就是在這種時候。素直抖個不停無法行動的時候。我得代替她去開門才行。

我離開房間走下樓梯，下樓梯中發現自己穿著睡衣，但是我沒時間換衣服了。睡衣。明明幾秒鐘前，我還和阿秋一起站在靜岡車站的月臺上才對。

當時穿著制服。潔白的襯衫與格紋百褶裙，胸前綁著綠松色的蝴蝶結，腳上穿著腳跟攤軟的學生皮鞋，髮型是公主頭。

我披散著沒綁起的頭髮，赤腳打開玄關大門。

一開門，只見氣喘吁吁的阿秋站在門前。

淚水從他睜大的雙眼不停湧出。眼前的他看起來消磨得光是站著就費盡全力了。

「太、好了。」

他驚慌失措地朝我伸出手，將我緊緊擁入他的懷中。

「太好了、太好了。對不起。太好了，對不起、對不起。」

不是香皂味，而是濃郁的汗臭味。混雜不安與恐懼的氣味。

他為什麼會在這裡呢？我沒有詢問任何人答案，探詢素直剛剛的記憶找到答案。

拉了阿秋一把的我，在電車進站時跌下軌道。

聽說沒發現我的屍體。

許多人目擊我跌下軌道，站務員接到有女高中生跌落軌道的通知後沿線查找，然而只找到破破爛爛的制服及學生皮鞋。列車為了檢修先送回車庫，下行電車過了一小時左右復駛。

我從他不停顫抖的肩膀往下看，熟悉的書包掉在腳邊。

他帶著什麼樣的心情呢？他是如何苛責自己，然後又有多痛苦呢？他在智慧型手機那頭說明狀況的聲音，聽在素直耳中也抖得難以聽取。

素直告訴阿秋我們家在哪裡，接著要他立刻來我們家。

阿秋說他沒看見凶手。

素直的記憶也斷斷續續的。素直只要心神不寧，記憶也會跟著混亂。即使翻開頁面也找不到可說是文字的文字，只留下抓傷般的粗暴痕跡無盡縱橫地撕裂頁面。

我被抱在他結實的懷中，如同不會融化的冰雕雕像般全身僵硬。喉頭冰凍，耳朵鼓脹，現在仍然能看見早已不在眼前的光景。

我看見了。

我看見推阿秋跌下軌道的人。那傢伙就站在阿秋背後。

我想那個人在笑。扭曲成上弦月的嘴角，張大的鼻孔，以及詭異睜大的眼睛。

我頓時冒出冷汗。只是回想起那個瞬間，就讓我恐懼地想要大叫。不過我冰凍的喉嚨無法動彈，緊貼在喉嚨深處的尖叫聲頓失去處並萎縮。

過了一分鐘了嗎？或者十分鐘，更或許是一小時也說不定。

阿秋要回家了。因為已經到了媽媽要回家的時間。要是被媽媽看到我和同班男生在大門前擁抱，感覺媽媽會昏倒。

我站在門前目送阿秋離開，他還很擔心我，所以我笑著對他揮手。就像是看見ＳＬ絕對會做出的動作一樣。

我有帶著笑容揮手嗎？真的嗎？

我想要立刻衝到洗手檯前看鏡子確認。

當我拿起書包時，素直站在我背後。

「素直，對不起。制服還有鞋子等，我好像弄壞了很多東西。」

素直一句話也沒說，看起來很疲倦地搖搖頭。她的眼皮很腫，而我也相同。

我把書包的把手掛到素直朝我伸出來的手上。

「妳先去洗澡吧。」

「咦？」

我從小學以來就沒洗過澡。那時為了和素直做實驗，要看複製品是否連腋下的黑痣也完美重現。

「可以嗎？」

「可以。」

真的可以嗎？雖然我很遲疑，還是決定接受素直的好意。全身莫名地汗流浹背，讓我很不舒服。

那雙恐怖的眼睛，現在仍緊盯著我不放。

素直替我放洗澡水，我在洗手檯前換下衣物，把身上穿的睡衣和內衣褲放進洗衣籃裡。儘管在我消失之前衣服不會消失，素直說無所謂。

進浴室後先洗臉，拿海綿起泡之後從身體開始洗起，再用洗髮精洗頭髮。洗澡的順序和素直相同，習慣早已深入骨髓，就算沒想要重現，我的手腳也自己動了起來。

邊沖掉潤髮乳，這會兒才想到我沒有照鏡子。不過也不需要照了。

我現在頂著糟透的一張臉。只要看到他緊咬嘴唇的表情就能知道。

兩腳分別發出「撲通」的聲響踩進熱水當中，我把自己泡進浴池裡。加入溫泉入浴劑的乳白色熱水，不知道有什麼功效呢？肯定是消除肩頸痠痛、肌肉痠痛、壓力……

即使在熱氣中閉上雙眼，那副光景也沒有消失。扯笑的嘴唇，以及邪笑的眼。

洗完澡後護膚，穿上素直的另一套睡衣。不是我剛剛穿的綠色那套，而是灰色的睡衣。

用吹風機，以及用梳子梳整隨著熱風輕飄擺蕩的頭髮。

當我回到房間時，雙手環胸且雙腳岔開站成八字形的素直在房裡等我。

對著緊張的我，素直說出一句出乎我意料的話。

「快睡。」

她手指著床鋪——素直睡覺的床鋪。當素直肚子痛時，可以安撫縮成一團的她，鬆軟軟的床鋪。

我想我當時應該露出很呆傻的表情。

「可以嗎？」

素直一臉「妳很麻煩耶」的表情點點頭說：「可以。」

我曾經想像床鋪大概如躺在雲朵上一樣舒服，其實卻不如我的想像，還滿普通的。普通的被褥，普通地鬆軟。枕頭上凹了一個正好收納素直頭顱的形狀。

彷彿博物館展示品般擺放在枕頭上的我靜靜地看著素直。大概是因為她替我蓋上薄被，我產生了感冒時的不安感。

「素直不一起睡嗎？」

素直停下手，感到很意外地看著我。

「我還要吃晚餐。」

確實如此。媽媽已經回到家了嗎？我明明有走過一樓走廊卻完全不記得。仔細回想，我似乎有聽到「歡迎回來」的聲音。

在素直的記憶中，媽媽就算比自己晚回家，也一定會對素直說「歡迎回來」，然後素直會刻意口齒不清地說「回來惹」，這是她們兩人的日常。

「妳肚子會餓嗎？」

「不會，沒事。」

我被傳染了他的口頭禪。就算有事，他也會若無其事地說「沒事」。

我也一樣。

我想要大聲地說現在沒事。

「不是素直真是太好了。」

「什麼？」

我第一次感覺素直的「什麼？」一點也不恐怖。

大概是因為如此，我才能立刻開口：

「被推下軌道的不是素直，真是太好了。」

是我太好了。不是阿秋也不是素直，是我太好了。

近在咫尺，耳朵聽見深吸一口氣的聲音。聽見吐氣的聲音。

「我也覺得太好了。」

就是說嘛。

「妳沒有消失，真是太好了。」

我轉過頭，耳後傳來頭髮摩擦的聲音。

素直低頭看著我，她的眼中浮現淚光。

「太好了。」

我剛剛只聽見素直說到一半的話，現在重新聽清楚了。

「對不起，我知道我說的話很卑鄙，我明明一直很害怕妳。」

素直怕我？

「因為我是來路不明的生物？」

我擺出思索的樣子，素直搖搖頭否定：

「不對，不是那樣。我很怕妳，但是又很羨慕妳。媽媽和爸爸希望我可以成為比誰都坦率且溫柔的女生……所以才會替我取這個名字。」

小學三年級時國語課中的作業，要我們調查自己名字的意義，理解家人在名字中寄託的寶貴期望。

大家要把調查出來的事情寫在圖畫紙上，在家長參觀教學時發表。素直發表完之後，媽媽不停鼓掌，鼓掌聲就是祝福。

素直是在許多人的願望與希望中誕生在世上的女孩。

「比起我，妳更像愛川素直。」

原來素直這麼想嗎？

我完全沒有察覺素直的孤獨。不對，讓素直感到孤獨寂寞的，是我自己吧。

「從第一次見到那時起，素直就像我的妹妹一樣。」

當我戳了戳盯著我看的腫脹淚袋，感覺要被彈開了。

「我第一眼看見妳，立刻想要幫助妳。希望妳能和小律和好，快點笑出來。」

「小直，妳果然和我不同。」

她說出口的這句話看似將我推遠，聽起來卻是相反意義的音調。

以前的我好喜歡素直喊我「小直」的聲音。

「我明明覺得妳連小律也從我身邊搶走了。」

「……為什麼？」

「因為我根本不看書啊。大概和小律也聊不起來。就算我們聊天，小律應該也會覺得很無聊吧。」

素直扯動臉頰露出又哭又笑的表情，這讓我胸口一陣緊縮。

素直一直將這份真心話壓抑在自己心中。

她不想聽我說文藝社的事情，裝出毫無興趣的模樣，是為了保護她自己的心。

為了堅持自己一點也不羨慕，堅持自己完全不覺得不甘心。

「其實我原本打算偷妳的錢當作報復。」

突然其來一句話，我一時不知她在說什麼。

「我從很早之前就知道妳把錢存在迪士尼罐子裡。暑假前收在書包裡的萬圓鈔票……我發現時，也想著擅自拿一張起來用也沒關係。」

我還是第一次聽到這件事。

我果然對素直一無所知。

「那麼妳為什麼沒這麼做？」

「我覺得好羞愧。對自己竟然若無其事想偷別人的零用錢這件事感到羞愧。」

別人的零用錢。素直如此稱呼我的全部財產。

「真田也對我說了。他說他沒辦法把複製品當成自己的分身來使用。真田說他的複製品

比他還帥氣。」

「這一點，嗯，或許如此。」

儘管我對真田同學本人不太了解就是了。

聽見我老實說，素直稍微笑了一下。

就連幾個月前才誕生的阿秋和真田同學都有如此大的不同了，小學時誕生的我和素直之間肯定有更大的差距。我們只有外型相同，而看不見的部分逐日變化。

「素直想上大學對吧？」

素直用力皺起鼻頭。這個模樣好醜喔。

不過她沒辦法瞞過複製品。儘管我完全不理解素直的心情，我比任何人都清楚素直的所見所聞。

「我找不到想做的事，要拿父母的錢創造休止的時間。」

刻意用嘲諷態度說話的素直，自己一個人完成暑假的作業與課題，沒有倚賴最後以吵架道別的我。

如此一來就不需要我了——我想起阿秋的這句話。

「我會替妳加油，希望妳可以找到夢想。還有，要努力念書喔。」

「妳很煩耶。」

素直就算醜也還是很可愛。

「還有啊，我話說在前頭，我才是姊姊。」

「咦？」

「妳別這麼不甘願。」

被她彈額頭，我痛呼：「好痛喔。」

越過還沒發紅的額頭，素直輕輕摸我的頭。

「謝謝妳一直替我努力。」

她帶著哭腔的聲音，或許是我聽錯了吧。

在我回問之前，素直關掉房間裡的燈，只有橘色的小夜燈俯視著我。

我變得好不安，緊緊抓住棉被的一角。

「壞掉的制服和學生皮鞋，可以拿我的錢重買嗎？」

夏天制服有兩套，可是家裡只有一雙學生皮鞋。

「我會跟媽媽說，妳不用在意。」

我沒想到會被素直拒絕。因為素直的聲音從來沒如此溫柔過。

素直輕聲打開門，說了「晚安」之後走出房間。

我以為我會睡不著。不過，大概是因為身體無比疲憊吧，沒過多久我的眼皮便逐漸變得沉重。上眼皮與下眼皮每次相會，都在向我控訴他們不想分開。

和因為素直的命令而消失的瞬間不同。

身體慢慢變得沉重，取而代之只有腦袋像輕飄飄的棉花糖一樣，有無限膨脹的感覺。

◇◇◇

我睡著了。

生平第一次作夢。

現實中不可能出現的光景，讓我立刻明白這是夢境。

地點在教室。在我熟悉的正方形盒子裡，身穿制服的我和素直一起衝進教室。

早啊。早安。早安——開朗地和同班同學互相打招呼。

宛若黃色戚風蛋糕的聲音與笑容，有彈力、可愛又甜蜜的蛋糕Q彈軟嫩地在空中飛舞。

我們悠哉地吃著蛋糕，並且在相鄰的兩個座位上坐下。

我的視線前方是阿秋和真田同學的身影。面無表情的兩人面對面說話的這一幕讓人感到無比的壓迫感，我和素直相視而笑。

跑到我們身邊來的小律，拿出零食和我們分享。

巧克力、牛奶糖、有巧克力碎片的餅乾，還有百力滋。

喜歡吃百奇的素直，嘖嘖作響地啃咬前端。

當我發現素直的視線，她拿起下一根湊到我嘴邊。

發現我一語不發，她戳戳我的嘴唇。快點張嘴。

我問：「真的可以嗎？」

素直說：「可以啊。」

我怯怯地張開嘴，百奇滑入口腔正中央，在舌尖融化，替嘴唇染上淡淡的色彩。巧克力甜甜的滋味。

真好吃。就是啊。

明明沒什麼好笑的，我們卻一起咯咯發笑。

喜歡百力滋的我，這天也愛上百奇了。

教室擺蕩，小律撒開的稿紙，如滿天灑落的花瓣般飛舞。

學長、學姊，請你們讀讀看啦。我和阿秋彷彿表示已經久等了，率先站起身。素直躊躇著，我拉著她的手帶她過去。

這是多麼幸福的夢啊。

我一直想要這樣活著。

我明明一直想和大家這樣活著。

◇◇◇

隔天——

我穿上素直平常穿的白色布鞋去上學。

教室沒有人談論昨天的電車意外。

虛幻的女高中生撞上電車，可是只留下身上的衣物後突然消失。這種跟靈異片沒兩樣的新聞，只稍微在目擊者之間傳了開來。多虧昨晚有日本足球代表隊的比賽，這件事完全沒成為話題。

阿秋不安地看著我，我對他回以笑容後把書包掛在桌子旁邊，用環在手腕上的髮圈把頭髮綁成公主頭。

天藍色的髮圈束和制服一起弄丟了，我用樸素的黑色髮圈綁完頭髮站起身。

在班會時間開始前，我得先辦完一件事。

我走出教室邁上樓梯。被忘了拿畚箕的學生們堆在一旁的塵埃小山，每當我從旁經過都會不停崩落。

我眼中的世界有不太對勁的感覺，彷彿眼睛被裝上了一層薄玻璃板。儘管眼球可以轉動，只要隔著一層玻璃，誰都沒辦法讀出我的情緒。

不可以緊張。不可以有些微的動搖。

我不能像個普通女高中生一樣笑。

走廊上滿是陌生的臉孔在走動。

我和從眼前教室裡走出來的人撞個正著。他就是我要找的人。

在對方認出我之前，我先把嘴角朝天花板揚起。

裝成小惡魔的可愛學妹對他搭話：

「早瀨學長，早安。」

這句早安和戚風蛋糕差距甚遠。

如果硬要形容，大概和被丟棄在平底鍋裡的荷包蛋差不多。乾硬，戳戳它也只會冷淡地反彈一下的燒焦荷包蛋。

他的反應非常大。

「咦？啊？等等，為什麼？」

發現眼前之人是我的瞬間，早瀨學長無比錯愕。比他魄力十足進攻的反應更大，往後退試圖要逃跑。

「碰」的一聲，他的背撞上門，巨大的聲響引來教室中學生的注目。

受到關注的期間，早瀨前輩的眼珠也依舊無法冷靜地不停轉動。他似乎連聚焦在我身上都感到畏懼。

事實上，早瀨學長應該全身顫抖吧。昨天肯定也在確認傍晚的新聞後深感不解。為了檢修軌道，列車運行時間一度出現延誤。然而不管哪一個頻道，都沒有報導變成一團肉塊的女高中生。

我不是為了讓這個人放心才來到三年級教室。

我沒有辦法當好人，放過這個沒有人來制裁的罪惡。我是為了澈底凌虐他才來到這裡。

我在瞠目結舌、鼻孔大張以及全身僵硬的早瀨學長耳邊。

墊高腳，彷彿要說悄悄話一般靠近他的臉。

「非常感謝你殺了我。」

無法想像是出自我口中的微涼冰冷聲音傾洩而出。

「哇啊啊！」

早瀨學長顯而易見地大聲尖叫，當場跌坐在地。

看來他似乎腳軟了。他無法站起身，全身抖得幾乎要發出聲音。他無法咬合牙齒，實際上也嘎吱作響。

這異常的模樣使得教室內的喧譁又提升幾分。大概受到昨天比賽的那一幕影響，沒有任何人跑過來關心。

我冰冷地低頭俯視這個不停發抖的丟臉男人。

我沒有任何感覺。沒有憤怒，沒有悲傷，什麼也沒有。

這麼說來，我記得阿秋曾經如此評論躲在家裡不出門的真田同學：

他的胸口，好像破了一個大洞。

我也是如此。

這個男人在我身上穿出無數大洞。

「超級痛的耶。」

說出口的話，帶笑的嘴角，貼在地板上的腳，以及飄逸的頭髮。全部都和我分離。真正的我一句話也沒說，沒笑，甚至沒有哭。

「原、原諒我。原諒我！」

「如果他死了，我已經殺死你了。」

「哇啊，原、原、原諒我啊！」

我把視線從只能說出這句話的無趣男人身上移開。

這樣一來早瀨學長應該再也不會靠近真田同學以及阿秋了。大概再也不會傷害他們了。

稍微放下心後，我鬆懈了。

我還抱開始發抖的身體，火速衝進洗手間。

我朝馬桶不停吐出胃中空無一物的所有東西。起泡的黃色胃液拉出絲線，不管過了多久都無法拭去這股噁心的感覺。

◇◇◇

放學後，文藝社社辦——

「小律，妳的小說投稿了嗎？」

我一提出疑問，小律便一臉不可思議地抬起頭。

「還沒有～我還沒有修改完。」

「這樣啊。」

雖然感到遺憾，我沒說出口。小律或許察覺我有點不對勁了。

「等我完成後，就算妳不願意，我也會把妳綁在椅子上，朗讀給妳聽。」

小律「哦哈哈」笑著。

一如往常的社團時間流逝。從上而下，從右到左，又從左往右而去。

轉動轉動轉動。笑聲響起。慵慵懶懶、柔柔弱弱的時光。是我最重要的時光。

把鑰匙還回教職員辦公室後，去迎接我的自行車。轉動輪圈。我對阿秋和小律揮動單手，笑著向他們道別。

我察覺到阿秋用有話想說的氛圍看著我，可是我一次也沒回頭。因為要是回頭了，感覺就會讓我的決心動搖。

轉動輪圈。匡啷匡啷匡啷。聽見一次、兩次、三次，我的腳著地。

不知不覺中，我已經回到家門前了。

替自行車上鎖，拍拍溫暖的龍頭，在心中對它說：「對不起喔，要暫時讓你吹個海風，忍耐一下喔。」

我把自行車留在原地，朝通往海邊的單行道走去。

用宗有許多只要撐傘便無法錯身而過的小路。

我曾經聽人說過，因為這裡是臨海地區，為了要降低海嘯的衝勢才會蓋成這樣。不過我也不清楚真實性。到目前為止，不管在我出生前還是出生後，這附近都沒有遇過大海嘯帶來的災害。

海濤聲越來越大，防波堤附近的公園種著一橫列的松樹。聽說這是防潮林，在這邊種植耐鹽的樹木，可以防止海嘯及漲潮帶來的災害。為了預防喊了幾十年會發生的東海地震，以及不知何時會發生的災害，海岸附近下了許多工夫。

公園裡有老婆婆牽著兩隻狗散步。這是什麼品種的狗啊？一隻是柯基犬，另一隻白色的臉皺成一團的狗，我想不起來是什麼。

從堤防往下看，大海又紅又黃。它正大口吞下夕陽。

再過不久應該連火焰的殘骸都會消失殆盡。我低頭看漫步沙灘的情侶，以及身穿貼身潛水衣的中年男性。噴高的浪花還不會打到他們身上。

布鞋踩上石造的堤防往上爬。

一蹲下身往下看，令人意外地可以看見遠方的沙灘。我的心臟頓時發寒。

以前素直和小律曾經手牽著手，從這個堤防跳下去。如果用相機拍攝落下的瞬間，看起來宛如在天空飛翔。小學時曾經很流行這種跟試膽一樣的遊戲。

祕密遊戲在一個女生跳下時被玻璃碎片割傷膝蓋之後，被老師和家長們發現。甚至召開全校集會，全面禁止只有小孩子跑到海邊去玩。

我也想要跳一次——我也曾經這麼想過。不過同時也在想，如果很危險，還是別玩好了。儘管素直說我很溫柔，我卻不像素直那樣大膽。只要有人搖頭評論「那不好」，就會削弱我投身的意志。

視線投向遠方，雙腳顫動。

「我都跳下軌道過了，無所謂。」

已經沒有遺憾了。

無趣的低喃尚未溶入風中便消失。

我眺望著大海一段時間。漂浮海上的白色小船，以及從頭上飛過的海鷗。

之所以轉動頭，是因為我感覺聽到某個走在海邊的人發出的笑聲。

我變得孤單一人。夕陽早已沉入海底，周遭也變得昏暗起來。

我在這裡發呆多久了呢？

我走過堤防，走下五公尺前方的金屬樓梯到沙灘上。

每踏出一步，帶著銹斑的階梯都像在苛責我一般發出「鏗、鏗」的刺耳聲音。就好像在警告我什麼。

海浪聲和溼黏的海風。我吸吸鼻子，鼻腔確實感受到平常沒感覺的鹹鹹氣味。走到這麼近的地方來，大海的氣息頓時濃郁起來。

遠方只有防波堤燈塔在閃爍。紅、綠、紅、綠，彷彿交互踩踏步般光彩奪目。腳邊滾動的無數小石頭因為海浪的飛沫而轉變成溼潤顏色的砂石。

我踩上打出泡沫的海浪邊角。

瞇起眼睛，我直直凝視著消波塊的更前方，沉下去的水平線。

隱藏在雲後，連月光光線也沒有的夜晚。

啊啊。

夜晚的大海簡直就像怪物。

黑色海浪打起。

巨人的手招手要我過去，寧靜的咆哮顯得有點哀傷。

之所以等到這個時間，是為了不讓任何人看見。

只要不被任何人看見就不會有問題。即使有複製品在無人知曉中消失，也不會出動警方搜索。

我在腦海中想像「回歸的人魚公主」。

至今曾經想過好幾次。

要是我如同阿羅伊奇雅・楊的二重身一般步入大海，或許這個我也能變成泡沫靜悄悄消失也不一定。

在海浪邊際脫下穿不習慣的布鞋、脫下襪子，然後摺好放進鞋子裡。

本來也應該要把制服脫掉。因為這是素直的衣服。不過，雖說空無一人，我還是很抗拒僅穿著貼身衣物走在戶外。

對不起，我把兩套制服都弄壞了。

最後一刻還是對不起。

素直，要原諒我喔。

赤腳踏得砂石沙沙作響，這聲音彷彿在責備我。

我慢慢踏進打上岸又往後退的海浪中。

夜晚的大海比我想像得更加溫暖且沒現實感。大概是因為受到日光照射的時間長，溫度也下降緩慢吧。

我蹲下身舔一口海水，便鹹得我不禁皺起臉。

挺直腰站起身，同時往前進。海水已經泡到我的小腿肚了。

這麼說來，素直不會游泳呢。

國中前的體育課都在岸上旁觀，拿著長柄撈網心驚膽跳地撈捕浮在游泳池水面上的青蛙和椿象。

我又如何呢？

還會游泳嗎？

可能不會游了。

不會游就好了。

「小直。」

有人粗暴地用力拉我的手往後扯。

我轉過頭。

「妳明明綁公主頭，別對我視而不見。」

呼吸急促的他在眼前。

從幾分鐘前，我就聽見背後傳來怒吼聲，聽見拚命喊住我的聲音。我明明想裝作沒有聽見，然而不管經過多久，這道聲音都沒被浪濤聲掩蓋，不願意放過我。

他是從何時開始不停尋找我的呢？

我輕聲對阿秋說：

「我決定要消失了。」

「……為什麼？」

為什麼？

我咬牙。他分明知道啊。

就算其他人不懂，只有你絕對理解啊。

「人類只要一死就結束了。」

在倫理課上學過。人類、昆蟲和動物都只有一條生命，所以我們要善待鄰人，要重視彼此，攜手合作一起活下去。

「但是我沒有結束。明明在我的心中某處，想著自己是人類。」

不覺發笑。我揚聲卑屈地笑了。

我原本如此打算，可是阿秋難過地皺眉，因此讓我沒辦法好好笑出來也說不定。連我自己都不知道現在是什麼表情，從昨天開始就是如此。

「我不是。完全不是。複製品死不了。」

阿秋沒有回答。他不可能回答得出來。

我和他肯定都不停恐懼著。

「我到底是誰？」

我的喉嚨噴血了嗎？痛得讓我不禁這麼想。

腦袋、肚子還有喉嚨，都好疼、好痛苦，沒辦法呼吸，搞不清楚狀況。

「我和死之前的我，真的是同一個我嗎？」

因為我昨天已經被電車輾成肉醬死掉了啊。

被壓扁了喔？痛得我想要大哭大叫喔？我確實死掉了喔？

我清楚記得這件事。

然而我再生了。只要本尊呼喚，複製品便如同什麼事也沒發生一般復甦。

可是現在的我，是變成肉醬的我？

還是只記錄下變成肉醬這件事，裝成是我的我？

「我是和你去動物園的我？和你在社辦裡撞上電風扇，一起讀小律小說的我？在一旁守護你打籃球賽的我？我現在也還確實是我？」

沒有人知道這個問題的答案。

「對不起。」

喉嚨不自在地抽搐。我無法明確掌握阿秋道歉的意思。

浸在海浪中的腳宛如陷入冰塊中無法動彈，只有被他抓住的手臂微微發熱。

只有那裡活著。有脈搏，活著，心跳鼓動——幾乎令人憎恨。

「都是我的錯，對不起。」

「不是你的錯。」

只有這點不對。反被對方怨恨而差點被推下軌道的人怎麼可能有錯。

「即使如此我也認為太好了。因為妳還活著。」

「這句話太過分了。」

「對不起。」

「太過分了。」

「對不起。」

其實我根本沒有責備他的權利。

因為如果那天我的手來不及抓住他，讓他在我面前跌下去，我也會採取同樣的行動。

我應該會跑去真田同學家，哭喊著要他救救阿秋，對不知從何處而來現身在面前的複製品，對睜大眼睛全身僵硬的複製品，喊著「太好了、太好了」緊抱著他不放。

認為眼前這個人，無庸置疑就是這個人。

只能如此深信。只能感謝奇蹟。

「那麼你願意和我一起變成泡沫嗎？」

我逼迫他一般說，露出嘲諷的笑容瞇起眼睛對他笑。

我想被這個溫柔的人捨棄。只要連抓住我右手的觸感也甩開，我就算不溺斃在大海也能消失。

阿秋放開握住我的手。

「我不要。」

嗯，說得也是。

聽到阿秋答案的我轉身背對他。

我不認為他冷漠。因為我說出要他和我殉情這種蠢話，他對我幻滅了。

這樣就好。這樣一來我就能毫無牽掛地消失了。

可以在出生長大的海邊小鎮化作一粒泡沫。

膝蓋、屁股、大腿逐漸浸入連溫度都搞不太清楚的水中。

抓住砂石的腳趾踉蹌。身體隨著打上岸又後退的海浪搖擺，搖搖晃晃的沒個安穩，在無從支撐的大海中感覺隨時都會倒下。

……不對，不是因為那樣。

我對阿秋推開我這件事大受打擊。

鼻子深處的酸楚，絕對不是因為鹹苦的海水。

「小直，我不要。」

我的肩頭一顫。

為什麼？——我湧上難以置信的情緒。他為什麼還留在這裡不走呢？

「阿秋，很危險，你快回去吧。」

腳步不穩的我沒有回頭，只是揚聲大喊。可是我的聲音感覺被激烈的浪潮聲所掩蓋，沒確實傳進他的耳中。

「我怎麼可能把妳丟在這裡啊？」

然而只有他低沉的聲音，分毫不差地貫穿我的耳膜。

「明明是妳讓我放棄了我的放棄，妳現在太自私了。」

我沒停下腳步。

「就算要我對秋也下跪，我也會拜託他別把我消滅。即使哭著懇求他，就算丟臉很難看，我也會全力攀住活下去的機會。」

海水已經浸到肚子一帶。

「因為我想要和妳一起活下去。」

冰冷讓我窒息，我被玩弄於浪潮之間。

「為了和我去動物園，為了和我去遊樂園，為了和我去祭典，為了和我去水族館，為了和我去電影院，小直是為此誕生的吧？」

海水浸到胸口處。

「我們還只有去動物園和祭典。」

腳底沒有沾染砂石。

「妳哪裡都別去。如果要變成泡沫，那麼就一直待在我身邊。」

宛如懇求一般，淚溼的喊叫比浪濤更大聲。

我——

無法裝作沒聽見。

「我喜歡妳啊！」

啊啊…………

破了一個大洞的胸口正中央，有什麼東西發出「匡啷匡啷」開始轉動的聲音。

不過我不承認。不可以承認。只要承認了，我就會害怕消失。

不對。那樣果然也不太對。

其實打從一開始。

我明明就對無法再見到他感到無比恐懼。

「小直！」

我聽見他走投無路的痛呼聲。

抬頭一看，大浪已經迫在眼前。

我連喊叫的時間也沒有，就被黑水洪流吞噬。

沒辦法睜開眼。我拚命揮動手腳，避免自己被冰冷的黑暗囚困。

哪邊是上，哪邊是下？我分不清楚方向胡亂躁動，手腕撞上隨波逐流的樹枝還什麼東西而發麻。鹹鹹的砂石跑進嘴裡，我吐出泡沫。

我要成為這樣無趣的一粒泡沫嗎？

不要。

不要、不要、不要！

……撲通——就在此時，我感覺到強而有力的手。

有著結實肌肉的手。能立刻分辨出來，是因為我摸過好多次，非常清楚那健壯的觸感。

我忘記掙扎，全身放鬆力量。

全部交給他，然後被緊擁入懷。

黑暗波浪如生物般氣勢凶猛地蠕動。他沒有抗拒海流，抱著我脫離朝海岸推去的海浪。

「噗哈！」

我立刻就知道我的臉浮出水面。

倒在溼潤的沙灘上，之後不停咳嗽把吞下肚的鹹苦海水吐出來，彎曲身體痛苦喘息。

好痛苦。好疼。大概是因為全身上下都有小傷口，海水刺激著皮膚。

但是會疼、會痛苦，全都是因為我還活著。

「還好嗎？」

我喘個不停，他撫摸我的背。

我從變得跟裙帶菜沒兩樣的頭髮之間，看到他近在眼前的臉龐。

注視著我的眼睛閃閃發光。此時我才終於發現，覆蓋天空的雲層鬆動，明亮的月光把他的眼睛照射得燦爛閃耀。

星星在頭頂閃爍，那是令人不自覺想哭泣的美麗夜晚。

是死也死不透，美麗且溫暖的夜晚。

他替我梳整頭髮。仔細地梳整溼潤扁塌，比深藍夜空顏色更深的頭髮。

我的頭髮、嘴裡以及制服都滿是砂石，全身砂石的我難以忍受地低語：

「一點、也、不好。」

下個瞬間，阿秋露出擔心的神情。

「有哪裡痛嗎？」

「因為我什麼也沒有呀。」

我靠蠻力壓住「匡啷匡啷」作響的胸口。

「就連名字都只是借來的。健保卡、學生證、家、家人還有自行車都是。我什麼也沒有，空蕩蕩的。」

「妳有十九萬八千七百五十圓。」

「不對，現在是十九萬三千四百三十圓。」

已經花掉電車票、飲料費、公車票，還有動物園的門票。兩個人一起拍照的費用，以及水豚泡溫泉的紅酒燉牛肉。融化在你嘴裡的哈密瓜刨冰，一人一半的章魚燒。無法替代的眾多東西，讓我原本就微不足道的全部財產變得更加輕薄了。

「妳有公主頭髮型。」

「這個髮圈是媽媽的。是放在洗臉檯上的東西。說是飯店附的美妝品。」

「還有我。」

「匡啷匡啷」是輪圈轉動的聲音。

浪濤聲與逐漸崩垮的沙堡，全都一口氣被沖走，不知道上哪裡去了。

「我在妳身邊，妳覺得怎麼樣？」

他有點不滿地說：「這樣不行嗎？」

月光照耀下的耳朵和臉頰都染上紅色，讓我移不開眼。

「不……」

我一邊發抖，好不容易才搖搖頭。

「……不、不是、不行。」

他生硬對我說出的這句話，已經無法完全收進我的心胸中了。

那是個扭曲的大洞。應該不可能會再次被填滿的傷口。

他卻完美地把坑洞填滿。大概找遍全世界，也無法找到其他能完美填滿的東西了。

「我真是個笨蛋呢。」

時至此刻，我的手腳才害怕地開始發抖。我原本打算做出多麼天大的錯事啊。

說什麼消失，就算用華麗詞藻加以包裝，我就是打算尋死。

明明那般疼痛，我竟然還想要死。

不停滑過臉頰的淚水混進砂石中，海水變得更鹹。悲傷、後悔、恐懼，以及其他的什麼東西混成一團。

阿秋的雙手緊緊抱住不停哭泣的我。

好溫暖，讓我放心。這個瞬間，我的淚水潰堤般流洩。

「明明有你在身邊卻想要死，我還真是笨蛋。」

我哇哇放聲大哭。

我真是個笨蛋。明明有這麼溫柔的人在我身邊。

明明有理所當然抓住我奮力分開海浪的手，把我拉回來的人。

「我竟然想拋下最喜歡的你，真是笨蛋。對不起。對不起！」

阿秋的肩膀就像對什麼起反應般動了一下。

就在此時——

『大笨蛋！』

突然不知從何處傳來大聲怒吼，我和阿秋都嚇得發抖，瞬間分開。太過驚嚇讓我的淚水都收回去了。

這是因為我們聽到兩人都相當熟悉的聲音。

從阿秋胸前口袋探出頭來的智慧型手機似乎維持擴音模式。無論是合成音或其他，我都不可能錯聽這個聲音。

「小律？」

「廣中現在也在學校附近找妳。她要我找到妳就跟她聯絡。這麼說來，我們可能一直都沒掛斷通話。」

籃球賽那時，文藝社所有人都交換了聯絡方式。

「智慧型手機沒壞掉啊？」

「因為有防水功能。」

「這樣啊，還真厲害。」

『那種事情一點也不重要！』

是──我們兩個二年級當場跪坐著說。

原本刺痛我腳底的砂石，現在就像變成柔軟的抱枕接住我。

『妳這個蠢蛋！大笨蛋！小直學姊真是的，擅作主張的大笨蛋笨蛋笨蛋！』

小律氣得大發雷霆。我感到戒慎恐懼的同時也覺得好對不起她。

其實根本不需要擔心我。和小律感情要好的愛川素直，現在也還待在家裡。

「小律，那個啊──」

『綁公主頭的是小直學姊對吧？』

我屏住呼吸。

我不太確定我有沒有好好發音「為什麼」這幾個字，但是小律似乎聽到了。

『我分得出來喔。因為完全不一樣嘛。』

耳朵聽見她輕快的笑聲。從小學那時起，我就很喜歡小律的笑聲。光是聽見就讓人心情愉悅，讓人想和她一起笑。

這麼說起來，小律總是會分我吃百力滋。

喜歡百奇的素直，喜歡百力滋的我。

小律的書包裡，大概兩種零食都是常備品。

『如果妳無處可去，就請來我家。我會想辦法，什麼都願意替妳做。』

她大概聽見我和阿秋的對話了。至少小律對我尚未說明的事情似乎多少有所掌握。

『所以，妳不可以一個人跑不見。我打電話給素直學姊之後，她說小直學姊還沒有回家……我好擔心好擔心，感覺都快要瘋掉了。』

「小律。」

我不知道該繼續說什麼才好。

只是素直和我沒有發現而已。小律從小就從正面看著我們，面對著我們呀。

不知是感到丟臉還是感到羞愧，這次不是流淚，而是流出大量鼻水。

「對不起。對不起，小律。謝謝妳。」

阿秋摸著自己的口袋拿出什麼東西給我，我邊吸鼻水邊看過去，那是尚未開封的面紙。

我戰戰兢兢地拆開封膜，雖然有海水跑進去，有總比沒有好。我興高采烈地抽出正中央比較不溼的面紙。

擤鼻子。

「噗──」沒緊張感的聲音在夜晚的海邊響起。阿秋轉頭看著月亮浮在海面上的大海，他的這份溫柔令人感激，也讓我感到害羞。

『妳今天晚上要怎麼辦？要來我家嗎？』

看準我擤完鼻子的時機，小律開口問。

「沒關係，我會回家。」

『這樣啊～』

我還以為小律會放心，沒想到她有點遺憾，不過她開朗地繼續說：

『那麼下次在我家過夜吧。趁我爸媽不在家時，三個人一起。』

「三個人？」

『我和小直學姊，還有素直學姊。』

我試著想像，宛如那場夢的延續，讓我期待起來。

可是如果是那樣，會缺幾個人。我偷偷看了身邊一眼。

「阿秋呢？」

『這個人是打算帶男友來參加僅限女生的過夜聚會嗎？』

「男友？」

「是男友。」他連忙插話地大聲說：「是男友吧？」

我和小律隔著智慧型手機面面相覷後咯咯發笑。被笑的阿秋不開心地扭曲嘴脣。說是男友耶。

怎麼會有如此不可靠的一句話。

和他交往的我。我是我。

擁有能確切如此斷言的自己，擁有自己專屬之物的人幾乎不存在吧？無論是人類還是複製品。

如同我誕生到世上已經將近十年，卻從來都不知道能有這麼溫柔的手一樣。

這個世界上還有非常非常多神祕沉睡著。

複製品的我也會談戀愛。教會我這件事的人，是他。

# 最終話　複製品談戀愛。

把整疊稿紙放進立體信封袋中，貼上寄件單之後寄出。

儘管也可以當作規格外郵件投入有大型投遞口的郵筒裡，我能理解小律想要確實拿到郵局去寄的心情。她大概想以眼睛可見的形式，目送重要的作品出發。

拿著塞滿滿的厚重信封到窗口去的小律，規矩地說著「麻煩您了」，向行員鞠躬。

我和阿秋並坐在沒有靠背的沙發上，在一旁守護學妹。我轉頭看身邊，他全身僵硬，耳朵底下是緊繃的肩膀。

今天的阿秋身穿乾淨的白色短袖T恤加上黑色牛仔褲，腳上踩著白色短筒帆布鞋。雖然打扮簡單，卻無比帥氣。

只因非平常日，不是身穿制服，就會讓人心胸如此騷動嗎？在他身邊的我邊品嘗心跳加速感，故意捉弄他說：

「為什麼副社長這麼緊張啦。」

我身穿牛仔短外套，搭配高腰白色連身裙。當我說了想為了今天借用制服時，素直露出傻眼的表情說：「就我和他說話的感覺，他似乎會喜歡這類衣服……」把衣服、鞋子還有肩背包借給我，還替我畫上淡妝。

將來有天，我也想要自己去買衣服，有了新的目標。

「沒有啦。總覺得沒辦法當場知道結果會讓人緊張耶。」

「我好像也懂這種感覺。」

這次小律投稿的，是設定在九月底截稿的小說獎，聽說第一次審查的結果會在十二月發表。之後還有第二次、第三次審查，所以需要花上一段時間才會知道結果。

「希望能有好結果。」

「是啊。」

又想再次雙手合十的心情出現。身為我們守護神的電風扇，今天在社辦裡留守。

每個電風扇都是本尊。

「是不是哪裡有複製品的國家啊？」

對於我自言自語的低語，阿秋露出疑惑的表情。

我最近一直思考。

不只我和阿秋，或許還有其他複製品存在。

遇到與自己相同外表存在的人，因為沒辦法對外人說而保密而已，其實還有更多更多人知道複製品的存在也說不定。

或許同個班級裡也有，只是我們錯過了而已。

「妳接下來想去那裡？」

原本想要點頭，但是我阻止了脖子的動作。

我知道只要我留在素直身邊，就沒辦法以人類的身分活下去。

所以才打算消失在夜晚的大海中。但是我呼吸，踩地而行。我看開了，現在還在這裡。

對我說我沒有消失真是太好了的素直。把唯一一張床讓給我睡的素直。

說害怕我的素直。說我很溫柔的素直。我在心中反芻好多好多的素直。

我是從愛川素直這個女孩身上誕生的。

總有一天，我得從素直身邊啟程才行。非得離開臨海小鎮不可的那天肯定會到來。

「不，現在還不去。」

但是我不會不負責任，在搞不清楚方向的情況下就跑出去。

我還會暫時和素直在一起，自己思考後如此決定。

阿秋尊重我的意見。他想要在真田同學有辦法去上學之前在他身邊守護他的心思也是很大的理由。

「首先得讓下個月的校慶成功才行。」

還得要教素直念書才行。不顧後果只是寵她的結果，接下來得用斯巴達教育挽回才行。

雖然素直很不情願，我知道她微微笑彎了嘴角。

我會一點一點地了解，我原本毫不理解的素直。

「我也想要去濱名湖Pal Pal。」

「還有把我排除在外的過夜聚會？」

看來他似乎懷恨在心。

「既然如此，我們也在真田同學家舉辦過夜聚會吧。」

阿秋頓時停止動作。

「該怎麼把秋也趕出去是最大的關鍵吧。」

他把手抵在下頷開始思考起什麼事情。因為他的眼神太認真，我無法向他搭話。我這個發言或許太輕率了。

但是算了，沒關係吧。

「兩位學長、學姊，謝謝你們放假還出來陪我。」

辦完重要事情的小律跑回來。身穿褐色襯衫搭配格紋褲裝的小律，像個活潑的少年般好可愛。

「不會、不會。妳辛苦了。」

我拍拍還在喃喃自語的阿秋肩膀後站起身。

星期六上午，今天是很舒適的天氣，還剩下很多時間可以出去玩。

就在我打算詢問接下來要去哪裡時，小律動作迅速地擺出敬禮的姿勢。她鏡片下的眼睛閃閃發光。

「那麼在下在此先失陪了！」

「什麼！」

為什麼這麼突然？

她說完就迅速逃出郵局，我慌慌張張地追在她背後。

「小律，我們去哪裡玩吧。還是妳有事？」

「不了、不了。看你們的打扮就知道你們滿心想去約會對吧？我再怎麼說都不能當電燈泡啊！」

約會。

這個單詞讓我和阿秋面面相覷，彼此都紅了臉。

「幹嘛看著彼此看得如此入迷啦？所以我就說年輕人真是的。」

被小律如此刻意地嫌棄之後，又讓我感到更加害臊。可是我今天有重要的事情要說。

「其實我有件事情想說。」

「加入文藝社的真田學長，其實也是複製品這件事嗎？」

我這次真的無法闔上嘴。而阿秋則沒感到特別驚訝。

「畢竟妳聽見我們那段對話了嘛。」

「是的、是的。」

我坐立不安地陷入沉默。這麼說來，我像個小孩子一樣鬧彆扭，最後還靠他把我從大海中救起，這整件事情的始末全被學妹聽見了。

「而且我等一下已經和素直學姊約好要出去玩，所以就先讓我放棄這次吧。」

「什麼！」

「那麼，我們社辦再見嘍！」

小律滿臉笑容揮揮手之後，就往靜岡車站的方向離去了。

儘管被她拋下的我勉強舉起一隻手，最後還是沮喪起來。

「總覺得好不甘心。」

我還沒有在假日時和小律一起玩過耶。

素直和小律要去哪裡呢？已經快接近中午了，會先去吃午餐嗎？那之後去唱卡拉OK之類的？

起碼午餐可以和我一起吃吧！

「比起和我約會，廣中的地位更高嗎？」

我這下才回過神。他雙手環胸，一臉無法認同地站在我背後。

「你吃醋了。」

「沒有。」

由於實在太有趣，我不禁放鬆臉頰「呵呵」笑了出來。

阿秋把手放在脖子後面，轉向奇怪的方向。

「妳今天的打扮很可愛。」

聽他小聲這樣說，我無法抬起頭。

我緊咬雙唇，溼潤櫻桃色澤的下唇。雖然素直提醒過我會掉色，要我多注意。

雙手緊握著纖細的包包背帶。

「謝謝你。你、你也很帥氣喔。」

我緊張地稍微結巴，比我更加結結巴巴好幾倍的阿秋在我頭頂嘟嘟囔囔地說了些什麼。

我想他大概說了「謝謝」之類的。

結結巴巴的我們兩人，被能幹可靠的學妹拋棄，所以得靠自己的力量改變這如同粉紅泡泡的氣氛才行。

而努力改變氣氛的人是他。

「我們接下來要去哪裡玩？」

其實哪裡都可以。不去哪裡也可以。

因為只要和他在一起就很幸福了。

不過這天的預定行程，從一開始就決定好了。

「電影！」

我們毫無顧慮地笑出聲，十指交握。

互相交纏的指頭與指頭之間，和穩的秋風纏繞。

我在他身邊。第一次的特別休假日揭開序幕。

複製品的我也會
談戀愛。

# 後記

我是個怠惰的人。

幼兒園時期已經記不太清楚了，但是從小學之後，我每天都很認真想著該怎麼翹課。脫光衣服睡覺，或許就能發燒請假。乾脆在冬天的晚上，邊大叫邊在公園裡奔跑呢？或者會有和自己一模一樣的人現身，如果她微笑著對我說：「我代替妳去學校，妳可以躲在被窩裡玩遊戲喔，掰啦。」這樣就棒透了！

不過，如果跟我一模一樣的她，比怠惰的我更優秀、可愛、會讀書、變成班上的風雲人物的話……我可能會失去自己的歸屬，一想到這樣就讓我感到恐懼。

當我回想起這種往事時，我開始思考當時沒有誕生，和我一模一樣的那個人，會是什麼樣的人呢？想像如果讓她代替我去學校，她會想著什麼事情呢？

從這個想法中誕生的就是《二重身談戀愛》，在付梓成書的同時更改標題成為這本《複製品的我也會談戀愛。》，作者本人將它簡稱為「複製戀」。

我總是感覺，我的想像力羽翼的力量還不足以讓我自稱作家。為了彌補這一點，我將故事的舞臺設定在我出生長大的靜岡縣靜岡市。

這是個在山海環繞下，氣氛悠閒的城市。主角小直和素直等人到處走，騎著自行車生活的地方。

如果問我這裡有什麼值得自豪的，我也只能說出「可以……看見富士山之類的」這種話，但是這裡是個好地方。真的很棒。

要是大家產生興趣，還請務必前來一遊。到時肯定會在哪個街角和小直他們擦肩而過。

本作品有幸榮獲「第二十九屆電擊小說大賞」的大賞獎。

我還沒有很真實的感覺，大概是因為接到聯絡時，負責人再三交代我「在正式發表之前，請務必要保密」，我到目前為止還不曾歡呼「太棒了！」或「萬歲！」。

因為我害怕家中如果被人裝了竊聽器，就會被邪惡組織知曉我得獎的消息，這件事情可能就會無疾而終。過度警戒的結果，讓我完全錯失了欣喜的時機。

最近還被我媽搶先一步說：「不是我自豪啦，其實我女兒得到電擊大賞了呢～」我會努力不輸給媽媽的女兒。

為了表現出我不會輸的意志，我現在邊寫這篇後記，第一次戰戰兢兢地試著舉高雙手。

萬歲（氣音）。

從萬歲的姿勢轉為平伏鞠躬的姿勢，請讓我在此致上謝辭。

看見這個作品、電擊Media Works編輯部的各位，評論這個作品很有趣的各位評審，以及全力面對作品的責任編輯，真的真的非常感謝大家。今後我也會一步一腳印地走下去，希望可以回報大家的恩情。

插畫家raemz老師用出色的插畫為這個作品增添了色彩。我無法忘記第一次看見封面圖完成時心胸所帶來的悸動，現在也還怦通怦通跳個不停。真的非常感謝您，今後也請您多多指教。

接著，我要向購買這本書的你由衷致上謝意。如果你能看得開心，沒什麼比這點還要讓我感到更加高興了。

結果，雖然我想了很多請假的方法，有些方法試了，也有些方法沒試過，幾乎全都失敗，沒有一天順利發燒。

儘管我是個怠惰的人，怠惰的人在感覺麻煩中活到現在的結果，讓這個故事誕生了。

我想著，用心不甘情不願的心情爬出被窩洗臉開啟的那個無趣的一天，也確實成為時至今日的累積了吧。

我今後也要這樣悠哉地累積每一天，同時繼續把故事寫下去。

二〇二一年十二月　榛名丼

國家圖書館出版品預行編目資料

複製品的我也會談戀愛。 / 榛名丼作 ; 林于楟譯. -- 初版. -- 臺北市 : 臺灣角川股份有限公司, 2024.05-

冊 ; 公分. -- (Kadokawa fantastic novels)

譯自 : レプリカだって、恋をする。

ISBN 978-626-378-937-1(第1冊 : 平裝)

861.57 113003133

Kadokawa
Fantastic
Novels

# 複製品的我也會談戀愛。 1

（原著名：レプリカだって、恋をする。 1）

2024年5月15日　初版第1刷發行

作　者：榛名丼
插　畫：raemz
譯　者：林于楟
發行人：台灣角川股份有限公司
總　監：呂慧君
總編輯：蔡佩芬
主　編：林秀儒
編　輯：彭曉凡
設計指導：陳晞叡
美術設計：郭虹吟
印　務：李明修（主任）、張加恩（主任）、張凱棋
發行所：台灣角川股份有限公司
地　址：104台北市中山區松江路223號3樓
電　話：（02）2515-3000
傳　真：（02）2515-0033
網　址：www.kadokawa.com.tw
劃撥帳戶：台灣角川股份有限公司
劃撥帳號：19487412
法律顧問：有澤法律事務所
製　版：尚騰印刷事業有限公司
ISBN：978-626-378-937-1